JULES

DIDIER VAN CAUWELAERT

JULES

roman

ALBIN MICHEL

IL A ÉTÉ TIRÉ DE CET OUVRAGE

Vingt-cinq exemplaires
sur vélin bouffant des papeteries Salzer
dont quinze exemplaires numérotés de 1 à 15
et dix exemplaires, hors commerce, numérotés de I à X.

Je sais par expérience qu'il faut se méfier des coups de foudre, mais je suis devenu brutalement amnésique en la découvrant au milieu de la foule. Hauts talons canari, minishort rouge et top turquoise, elle ne risquait pas de se faire écraser par temps de brume. N'eût été le labrador qui la guidait au bout d'un harnais, ses grandes lunettes noires seraient passées pour un accessoire de star soucieuse que son incognito se remarque. Les cheveux blond-roux maintenus par un chignon en broussaille, les seins libres sous la soie quasi transparente, un sourire de rendez-vous amoureux allongeant les bavures de son rouge à lèvres, c'était une aveugle particulièrement voyante qui faisait bien davantage envie que pitié.

Elle s'est arrêtée devant mon stand, les narines en alerte. Aussitôt, son chien s'est figé, tourné dans ma direction. Comme un interprète préparant son interlocuteur aux propos qu'il va traduire, il me fixait tandis qu'elle me parlait dans le vide.

– Bonjour, je voudrais caramel fleur de sel, réglisse et fraise Tagada. Un de chaque, s'il vous plaît.

Elle avait une voix de gamine précoce dans un corps de trente ans. Joyeuse, bien élevée, incroyablement sexy – et connaissant par cœur mes spécialités. Malgré moi j'ai béni la dégringolade sociale qui m'avait placé sur sa route. Avec un double diplôme d'ingénieur biochimiste et d'astrophysicien, je suis devenu à quarante-deux ans vendeur de macarons à Orly Ouest, niveau Départ, hall 2.

On ne peut pas me manquer. J'ai un gilet rayé chocolat-café, un calot pistache, et je suis posé au milieu d'un stand en forme de diligence du même vert tendre. Ma mère en a fait une jaunisse, quand elle m'a découvert par hasard dans mes nouvelles fonctions, au retour de ses vacances en Ardèche. Son commentaire s'est borné à un texto dans le taxi : *La tête de mes amies. Tu aurais pu, au moins, me préparer à l'idée.* J'ai répondu : *D'habitude, tu prends le train.* Elle a répliqué : *Naturellement, ça va encore être ma faute.* Je n'ai pas réagi. Inventeur d'un procédé de dépollution qui aurait pu me rapporter des millions, je périclite sous ses yeux consternés depuis que ma compagne m'a viré de son entreprise pour exploiter mon brevet.

Je ne me suis pas défendu : j'ai une conception trop haute de l'amour pour y mêler notaires ou avocats. Je préfère garder les bons souvenirs en évacuant le reste. Ce que ma mère appelle « se faire piétiner » – alors que, justement, je survole. Mais je la comprends : avant de me prendre en flagrant délit de CDD chez Ladurée, elle m'a connu tour à tour directeur du développement des engrais Vert-de-Green à trente mille francs par mois, traducteur d'ouvrages scientifiques à trois euros le feuillet, guide touristique au château de Chantilly rétribué au pourboire, bénévole à l'association Touche pas à mon arbre et condamné, après m'être enchaîné aux magnolias du Forum des Halles, à cinq mille euros d'amende pour outrage à tronçonneur – somme que j'avais dû lui emprunter sous peine de prison. Venant d'un enfant abandonné qu'elle avait adopté au péril de son couple, le retour sur investissement ne sautait pas aux yeux.

– C'est fraise tout court, hélas, me suis-je excusé.

Les lunettes noires se sont tournées dans la direction de ma voix.

– Vous êtes sûr ? Je sens vraiment le bonbon Tagada. Vous vaporisez des arômes, comme les fleuristes ?

Trop heureux de prolonger l'échange, j'ai répondu

d'une voix jeune que j'effectuais juste un remplacement pour rendre service.

— Alors on va dire : un caramel et deux réglisse pour moi sur place, et douze fleur d'oranger dans une boîte pour mon chien, c'est son parfum préféré.

— Comment il s'appelle ?

— Jules, a-t-elle souri en caressant le pelage couleur sable.

— Tu en veux un tout de suite, Jules ? Cadeau de la maison.

— Il ne vous répondra pas : il est en service.

Ma gorge s'est nouée. Ce couple indissociable qui ne ferait que passer dans ma vie m'inspirait un mélange d'exaltation et de tristesse qu'elle a perçu dans ma voix quand je lui ai demandé pardon.

— Il le vit très bien, m'a-t-elle rassuré. Il ne mange que lorsque je lui enlève son harnais.

— Ça doit être un sacré dressage.

— C'est surtout sa fierté. Il est responsable de moi.

Et il y avait dans son ton la même fierté qu'elle prêtait au labrador. Un terrible coup de blues m'est tombé dessus. Je n'avais jamais été responsable de personne, moi. Ma mère est un roc, mon père a coupé les ponts, et les femmes de ma vie n'ont pas voulu d'enfant. Le labrador me fixait dans les yeux. Un accès de jalousie dérisoire pour ce garde du corps épanoui

m'a fait détourner le regard vers les seins de sa maîtresse. Des seins sublimes qui défiaient la gravité et
qui avaient pourtant l'air vrais, répercutant chaque
mouvement des doigts pour sortir la Carte bleue de
son portefeuille et chercher à tâtons la note de taxi
qui en était tombée. Je n'avais pas eu le temps de
m'extraire de mon stand pour la ramasser : le chien,
à l'affût de ses moindres gestes, avait déjà poussé du
bout de la patte le justificatif jusqu'aux ongles de sa
protégée. Alice Gallien, disait la Carte bleue sur mon
comptoir. J'ai eu le cœur serré en pensant à la chan-
son de Brel – *laisse-moi devenir l'ombre de ta main,
l'ombre de ton chien...* Moi qui passais mon temps à
fermer les yeux sur ce que les gens sérieux appellent
la « vraie vie », j'aurais tant voulu soudain servir de
regard à une femme comme elle.

Tout ce qui était en mon pouvoir, dans l'immédiat,
c'était de faire durer au maximum l'emballage des
macarons pour profiter de ses seins turquoise et de
la jubilation déconcertante qui émanait d'elle. Mais
les froissements ralentis du papier l'ont alertée. Elle
a posé deux doigts sur les aiguilles de sa montre sans
verre.

– Il faut qu'on aille à l'embarquement, m'a-t-elle
informé avec une gentillesse navrée. Le paquet-
cadeau n'est peut-être pas indispensable.

Spontanément, j'ai répondu à ma décharge que je la trouvais très belle.

– Merci de votre franchise, a-t-elle souri. D'habitude, les hommes commencent par faire des compliments à Jules.

A la mention de son nom, le chien m'a dévisagé avec une assurance dissuasive de mâle dominant – mais c'est probablement l'érection que je comprimais sous mon comptoir qui m'incitait à l'anthropomorphisme.

– C'est une idée ou vous ne ressemblez pas à votre voix ? Il est toujours très gentil avec les commerçants, mais là je le sens tendu.

Je me suis décrit, en faisant l'impasse sur le calot vert et le gilet rayé. J'ai dit que j'étais né en Syrie de parents inconnus, adopté par un couple de Français.

– Je vois.

Je lui ai donné ses achats, sans savoir si ce mot déroutant dans sa bouche signifiait qu'elle compatissait ou bien que son chien était raciste.

– Le 10 h 25 pour Nice, il est prévu à l'heure ?

J'ai répondu oui, salle 20, comme l'affichait le tableau en face de moi. Je l'aurais bien accompagnée, mais la file d'attente s'allongeait derrière elle et j'avais déjà eu un avertissement de mon chef de site, le jour où il m'avait pris en flagrant délit de travail au comptoir sur un traité d'astrophysique. Même quand je n'ai pas de clients, je dois rester empressé, dispos, vacant. C'est contractuel. Manger, lire ou téléphoner pendant mes heures de service sont des fautes graves entraînant le renvoi sans préavis, en cas de récidive. Et sans ce salaire fixe tombé du ciel, vu la crise qui sévit dans l'édition d'ouvrages scientifiques, je ne vois plus trop comment je paierais mon loyer.

J'ai fait signe à un Air-France en promenade dans sa chemisette à cravate. Je lui ai confié ma délicieuse cliente, j'ai encaissé sa Carte bleue en échangeant deux phrases, et je l'ai regardée s'éloigner avec un pincement au cœur qui s'est dilué dans l'impatience des voyageurs suivants.

– C'est pas trop tôt, quelles variétés vous avez dans l'étui de six ?

Tout en récitant mécaniquement mes parfums à un congressiste badgé IBM, je ressassais nos derniers mots : «*Bon voyage, mademoiselle, la fraise Tagada est un parfum du moment, on me l'a retirée ces jours-ci mais je peux faire une demande, vous revenez bientôt ? – J'espère.*» Je n'avais pas eu l'opportunité de m'enquérir davantage. Et à quoi bon ? Il y avait certainement un homme dans sa vie : elle avait évoqué les dragueurs dans mon genre avec une indulgence sereine de femme en couple.

Le regard absent et le sourire conforme au règlement, j'accomplissais mes rituels de vente avec un
abattement résigné qui n'est pas du tout dans ma
nature. J'ai toujours fait contre mauvaise fortune bon
cœur. Amoureux trahi, cerveau pillé, victime aussi
dépourvue de frustration que d'ambition vengeresse
– ces deux moteurs essentiels à la vie sociale –, je me
contente habituellement d'être bien dans ma peau
sans raison personnelle : un joli crépuscule, l'intelligence des bactéries, une cantate de Bach, le savoir-
faire d'une prostituée, l'odeur du chèvrefeuille sur
l'appui de ma fenêtre, les mystères insondables du
Big Bang… Tous ces plaisirs infimes sans effets secondaires qui, pour un cœur à mobilité réduite comme le
mien, remplacent avantageusement le bonheur et ses
affres. Pourquoi le désir éprouvé pour une *vraie* handicapée me rendait-il soudain si triste, si honteux du
confort à court terme de ma petite vie merdique ?

J'avais commencé très fort, pourtant. On me prend
généralement pour un produit de l'immigration,
mais je suis avant tout un projet littéraire. J'étais âgé
de quelques heures quand le concierge de l'ambassade de France à Damas, en rentrant ses poubelles,
m'a découvert au fond de l'une d'elles. Visiblement
déposé après le passage des éboueurs. Eliane de
Frèges, épouse de l'attaché culturel, a fait des pieds et

des mains pour m'adopter, quitte à me sortir de Syrie par la valise diplomatique.

Respectueuse de mes origines, elle m'a appelé Zibal – de l'arabe *zibala*, poubelle. Pour le reste, son imagination a comblé le vide. Elle m'a donné comme père un chef bédouin ayant répudié sa femme pour adultère – laquelle, chassée de la tribu, m'avait destiné à un sort meilleur en me confiant à la République française par la voie des ordures ménagères. *Zibal, l'enfant de la poubelle* a reçu le prix Femina quand j'avais treize ans. Les critiques s'extasiaient sur mon personnage, ce Bédouin de Sciences po qui, désireux de mériter le sacrifice de sa génitrice et la générosité de sa mère adoptive, finissait, diplôme en poche, par retourner à Damas, renverser Assad et instaurer un embryon de démocratie sans faire le jeu des Frères musulmans. Il mourait en héros à la page 438, laissant trois enfants dont une fille qui se jurait d'achever un jour son œuvre en devenant ambassadrice de Syrie à Paris.

Dans la réalité, cette voie royale s'était arrêtée sur les bancs de l'université. Ensuite, Zibal de Frèges avait trahi ses promesses et fait mentir son auteure. J'étais resté dans l'ombre, je n'avais jamais quitté le sol français, je m'étais fait avoir par tout le monde et je laisserais notre nom s'éteindre. Pas de quoi inspirer un tome 2.

Les aboiements m'ont fait sursauter.

– Attention, merde ! a pesté le client dont j'avais laissé tomber l'assortiment.

Carton vide à la main, je tendais l'oreille vers le fond du hall 2.

– Jules ! a hurlé Alice. Mais laissez-le, enfin, arrêtez !

– Vous me remplissez un autre ballotin, oui ou quoi ?

J'ai fait signe au connard de se taire. Les cris de la jeune femme ont redoublé sur fond d'aboiements. Sans réfléchir, j'ai jailli hors du stand pour courir vers la salle 20. L'enregistrement de la navette pour Nice évoquait l'ouverture des soldes aux Galeries Lafayette. Me frayant un chemin dans la bousculade, j'ai vu deux agents de comptoir qui poussaient Jules dans une cage après lui avoir retiré son harnais, tandis qu'un troisième répétait à Alice d'un ton de névropathe que l'avion était complet et que, sur décision du commandant de bord, tous les animaux devaient voyager en soute.

– Mais pas lui, monsieur ! C'est un chien guide, regardez son médaillon, ses papiers ! La loi européenne de 2008 m'autorise à le garder en cabine…

– Pas quand l'avion est plein : c'est le commandant qui décide.

J'ai dit non. L'hystérique s'est tourné vers moi. Son sourcil furieux s'est haussé, goguenard, face à mon calot pistache et mon gilet rayé.

– Qu'est-ce qu'il veut, Ladurée ?

– Faire respecter le règlement. Mademoiselle vous dit que la loi européenne de…

– Tu retournes à ton stand, toi, OK ? J'ai assez de problèmes comme ça.

– Et ce n'est qu'un début, si tu le prends sur ce ton.

– Non mais tu cherches les emmerdes ?

En guise de réponse, je l'ai soulevé du sol par sa petite cravate. Toutes les injustices et les humiliations auxquelles j'avais toujours opposé ma sérénité de Bédouin s'étaient soudain concentrées, projetées sur ce teigneux buté que je secouais au rythme de ma phrase :

– La loi européenne de 2008 prévaut sur la décision du commandant de bord – répète et présente tes excuses ou j'appelle un paf qui te collera une amende pour discrimination et refus d'obtempérer – trop tard. Jean-Mi !

Le policier de l'air et des frontières avec qui je refais le monde trois fois par jour à la pause clope arrivait aux nouvelles, mâchoire en avant. Je lui ai

expliqué la situation. Pendant qu'il menaçait le teigneux d'une contravention de quatre cent cinquante
euros, j'ai ouvert la cage de Jules sur le tapis roulant
des bagages. Il m'a littéralement sauté au cou, manquant me renverser. Trois coups de langue fréné-
tiques et il m'a aussitôt abandonné pour rejoindre
Alice qui, totalement paumée, le harnais à la main,
demandait ce qui se passait à ses voisins excédés par
le retard pris à cause d'elle.

Je suis venu la réconforter, lui ramasser le carton
de macarons qu'elle avait lâché dans l'affrontement.
Elle s'est confondue en remerciements, a sorti de son
sac une carte de visite qu'elle a tendue sur ma droite.
Je l'ai empochée vivement en disant que je leur sou-
haitais un agréable voyage et que je prendrais de leurs
nouvelles ce soir.

Un jeune à brassard est arrivé en courant avec un
fauteuil roulant pour acheminer la handicapée vers les
contrôles de sécurité. L'incident était clos. J'ai agité la
main à l'attention du chien qui me regardait fixement
en secouant la tête, comme s'il ne comprenait pas que
je les abandonne après les avoir sauvés.

Dans un mélange de nostalgie et d'émulation, j'ai
regagné ma diligence verte où m'attendait mon chef
de site, mains sur les hanches.

– Qu'est-ce qui vous a pris de quitter votre place,
De Frèges ?

L'index sur son badge, je lui ai répondu d'un ton
guerrier :

– Remerciez-moi : si je ne l'avais pas fait, c'était
non-assistance à personne en danger et ça retombait
sur l'enseigne, la police vous le confirmera. A qui le
tour ? ai-je enchaîné en le contournant, à l'adresse de
ma file d'attente qui a reculé d'un pas.

Trois titres universitaires en arts martiaux m'ont
donné un ascendant naturel que j'évite généralement
d'exercer, parce que j'y prends un plaisir malsain qui
me reste ensuite sur l'estomac pendant trois jours.
Sauf dans les cas d'urgence, il est tellement plus gra-
tifiant d'abandonner à son adversaire l'illusion de la
victoire tout en sachant combien il serait facile de
l'écraser.

*

Le restant de la journée s'est déroulé sans heurts.
L'image d'Alice et la gratitude de son chien compo-
saient comme une bulle de douceur qui m'isolait des
moroses pressés défilant devant moi.

Après avoir descendu mon rideau de fer, je m'assieds pour sortir la carte de visite qui attend dans

ma poche depuis 10 h 15. Je ferme les paupières en la montant vers mon nez, pour réactualiser le corps d'Alice en reniflant son parfum – j'ai un souvenir de jasmin avec une pointe de figuier. Mais la carte ne sent que le menthol et l'imprimerie. Je rouvre les yeux :

HSBC – Agence Montmartre.
Nicolas Bron, chargé de clientèle.

En cherchant un chewing-gum dans la poche extérieure du sac, mes doigts remettent machinalement à leur place les cartes de visite. Je ne trouve plus que les miennes. Et zut ! Je lui ai donné celle du banquier qui m'a draguée hier soir dans le bus. Une haleine de Coca light et une voix de gorge qui avait précisé, comme si l'argument nous destinait l'un à l'autre : « Elle est imprimée en relief. »

Tant pis. Ou tant mieux, plutôt. Si j'ai envie de renouveler mes remerciements à Monsieur Macaron, au retour, ce sera à moi de faire le premier pas. *Au retour.* Tout ce que ces deux mots contiennent de promesses et d'appréhension, de rêve et d'inconnu...

J'ai accepté le fauteuil roulant pour ne pas retarder davantage l'embarquement. Mais j'ai remis son harnais à Jules, seul moyen d'éliminer son stress après l'agression qu'il a subie – rien n'est plus traumatisant pour un chien guide que d'être séparé par la force de la personne qu'il assiste. Il mène l'attelage comme un traîneau en se retournant constamment, je le sens, perturbé par ce gabarit inhabituel qu'il doit calculer pour le franchissement des portes et des obstacles. Dans mon dos, le pousseur d'invalides corrige les oscillations du fauteuil, ce qui contribue encore à déstabiliser mon chien. Ça fait plus de sept ans qu'il est tout seul à mon service, il me connaît par cœur, il m'a fait prendre l'avion vingt fois, et il ne comprend pas la situation absurde qu'on lui impose aujourd'hui. Anomalie qui s'ajoute à ma tension émotionnelle qu'il s'efforce de réguler depuis trois semaines. Depuis qu'on a fixé la date de mon opération. Depuis que l'espoir et l'angoisse ont remplacé la résignation positive qu'il a toujours sentie chez moi. Il s'efforce d'atténuer l'angoisse par ses caresses, mais il n'est pas formé pour répondre à l'espoir. On n'apprend pas aux chiens guides qu'un aveugle peut un jour cesser de l'être. Je le prépare comme je peux, mais le message ne passe pas.

Dans l'avion, une hôtesse le complimente et lui indique mon siège. Indifférent aux flatteries quand il est en service, il dégage l'assise en virant les deux sangles de la ceinture de sécurité – choc familier du fermoir métallique contre le montant du fauteuil. Je m'assieds, je lui retire son harnais et je relève mes jambes pour qu'il se glisse en dessous. Roulé en boule, il s'efforce de ne pas tenir plus de place qu'un bagage cabine. Comme chaque Noël, quand il m'emmène faire de la luge à Valberg chez papa.

J'avale un cachet pour me détendre. Soixante-quinze pour cent de réussite dans la greffe qui m'attend. La cornée humaine provoque moins de rejets, mais les donneurs sont de plus en plus rares. J'étais trois cent douzième sur la liste d'attribution des greffons quand la catastrophe s'est produite : la famille d'un prélevé a attaqué le chirurgien pour mutilation de cadavre. Elle a gagné en première instance, et la jurisprudence a ruiné les espoirs de milliers d'aveugles. Depuis que, devant les tribunaux, l'absence de déclaration au Registre national des refus ne vaut plus consentement, aucun chirurgien ne prend le risque de prélever les yeux, à moins que la famille du défunt n'exprime son accord dans les quarante-huit heures – au-delà, ils ne sont plus utilisables. Les perfectionnements de la cornée artificielle convenant désormais à mon type de cécité, d'après le Pr Piol, je n'allais pas attendre d'être vieille.

Quand j'ai opté pour l'implant Alphacor, je connaissais très bien les risques de rejet. En premier lieu, celui de la Sécu. Et ça n'a pas manqué. En tant qu'inscrite sur la liste d'attente des greffons humains avec acceptation préalable de ma prise en charge, on m'a refusé le remboursement d'une pose de kérato-prothèse. Heureusement, en apprenant le rejet de mon dossier, RTL a décidé de financer l'opération. Toute la station s'est cotisée pour «rendre la vue à l'une de ses plus jolies voix», comme s'en est réjoui le directeur de l'antenne pendant le pot surprise qu'ils m'ont offert à Pâques. J'étais stupéfaite par cet élan de solidarité, moi qui ne sers qu'à donner l'heure, l'accroche des spectacles en partenariat et la longueur des bouchons sur le périphérique. Grâce à leur géné-rosité, on va implanter après-demain dans ma cornée opaque un anneau en polymère spongieux. Colonisé par les cellules de l'œil, il me rendra la lumière, les couleurs et les formes en moins de quarante-huit heures, si tout se passe bien. Avec une vision maxi-male au bout d'un à deux mois.

J'ai accepté les risques, les effets secondaires, l'in-certitude sur le long terme. Je n'ai peur que d'une chose, en fait. Le monde que j'aurai devant les yeux sera-t-il aussi beau que celui que je me fabrique depuis mes dix-sept ans? La joie de vivre qui me sert d'anticorps n'est-elle pas une simple réaction à la nuit? La réalité sera-t-elle fidèle au rêve éveillé qui l'a reconstruite?

Je sens l'appel froid de la truffe de Jules contre mon mollet gauche. Je lui donne un macaron, en repensant à mon héros de chez Ladurée. J'ai bien aimé la façon dont ce type nous a défendus. Moi qui déteste plus que tout la pitié et l'esclandre, j'ai pris un pied de géante en l'entendant moucher ce sale morveux d'Air France. Le côté chevalier blanc déguisé en petit vendeur anonyme – je ne l'avouerai jamais, mais ça me fait complètement craquer.

Je me demande à quoi il ressemble. C'est bien rare qu'une personne change aussi radicalement de physique dans ma tête en deux éclats de voix. A son stand, j'imaginais un petit Beur du 9-3 qui s'invente des racines exotiques. Mais quand il s'est mis à gueuler dans la salle d'enregistrement, j'ai visualisé un prince du désert, mûr et dense, un nomade faussement reconverti dans les logements sociaux, un baroudeur coincé à l'escale par les aléas de la vie. Un quadra qui n'a plus rien et qui se raccroche à la moindre occasion d'exister pour quelqu'un. Ça me touche. Il parle bien, en plus. Même en perdant son sang-froid, il garde sa syntaxe. Il doit être sexy comme une pâte à tarte, mais bon. Ce n'est pas le problème, et je dois faire mes exercices.

Cinq fois dix contractions de paupières tous les quarts d'heure, entrecoupées de rotations des yeux dans les deux sens, pour travailler l'hydratation, la souplesse et la mobilité en vue de la greffe. Il paraît que ça réduit les risques de rejet. Dans l'immédiat, ça me fout le cerveau en jacuzzi et j'ai l'impression d'être expulsée de mon crâne par la montée des eaux.

Problème de concentration, en plus. Ça ne figure pas dans les effets secondaires du cachet que je viens de prendre, mais j'ai très envie de faire l'amour. Déjà, la semaine dernière, quand Fred a vu la toile que j'avais peinte en abandonnant mes doigts aux images symboliques qui se pressaient en moi, j'ai eu droit à un sifflement gaillard : «Très sexe, dis donc. Très prometteur.» Je sais ce que je peins dans ma tête, mais je n'ai aucune idée de ce que les gens perçoivent. Et c'est ma plus grande fragilité : il suffit qu'on me dise que mes tableaux sont toniques pour me donner une pêche d'enfer – et inversement. La poussée de libido liée à l'imminence de mon opération n'est peut-être que le fruit d'un avis artistique pas vraiment désintéressé. Que va-t-il rester de tout cela, si la greffe réussit ?

Je n'ai pas voulu que Fred m'accompagne à Nice. Trop de gêne face à mon père, trop de tensions entre eux, aucune envie de gérer ça. J'ai même refusé sa voiture pour aller à Orly. Je n'ai pas eu le courage d'assumer ses caresses dérivatives, ses baisers trop

confiants, ses bourrades joviales de coach exaltant
sa championne, son anxiété si mal cachée sous les
vannes. J'ai le droit d'avoir peur et de ne pas feindre
qu'on me rassure.

Et puis… j'aime Fred, mais ce ne sont pas ses
caresses que j'imagine tandis qu'on décolle. Le marchand de macarons n'en est pas directement responsable ; il ne fait que valider un pressentiment. Depuis
trois semaines, j'ai la certitude qu'*au retour*, rien ne
sera plus comme avant. Et ça m'excite bien plus que
ça ne m'inquiète.

Treize jours que cette fille est passée dans ma vie, et son image commence à peine à s'estomper. Le lendemain de mon coup de cœur à Orly, j'ai appelé HSBC. M. Nicolas Bron, de la part d'Alice Gallien. Le banquier a pris l'appel en moins de trois secondes. Dialogue de sourds. Il attendait que je la lui passe ; j'attendais qu'il me donne son téléphone.

– Mais je ne l'ai pas ! Je ne connais que son nom ! Elle vous a demandé de me contacter ?

– Non, elle m'a filé votre carte en croyant que c'était la sienne,

– Eh bien, rendez-la-lui ! Comment voulez-vous qu'elle m'appelle ?

– Je ne sais pas où la joindre : elle est sur liste rouge. Je comptais sur vous…

Lui aussi. On a raccroché comme deux cons. Elle

cause apparemment les mêmes ravages chez tous les mâles qui la croisent.

Depuis, à chaque arrivée en provenance de Nice, j'entretiens mon torticolis en servant les gens de profil, la tête tournée vers l'ascenseur. Si elle veut me donner sa vraie carte de visite ou refaire provision de macarons, elle apparaîtra là, entre la boîte aux lettres et le stand Nespresso. Alors je courrai à sa rencontre avec le coffret fleur d'oranger / fraise Tagada que je compose tous les matins pour me porter bonheur.

Le soir, je mange un morceau au snack face à l'ascenseur, tout en travaillant mes traductions. A 23 h 30, j'offre à mes voisins de table le coffret-cadeau du jour et je descends au parking retrouver ma vieille Kangoo Vert-de-Green – tout ce que m'a laissé Gwendoline en guise d'indemnités de licenciement. Et je regagne ma tanière au cinquième sans ascenseur de la rue des Thermopyles, cette venelle oubliée du XIVe où la glycine et le chèvrefeuille s'entrecroisent au-dessus des pavés défoncés. Le seul endroit au monde où je suis à peu près heureux.

Quand Gwendoline avait transféré mes affaires au garde-meuble, j'avais renoué avec mes origines littéraires de Bédouin en me relogeant sous une tente Quechua XL2, installée dans le parc du château de Chantilly. Le jour, j'étais guide forestier. J'avais appris par cœur la faune, la flore et la vie du duc d'Aumale, qui avait légué ce domaine à l'Institut de France en 1884. La secrétaire de l'Association des amis de Chantilly, Mme Berton, émue par mes connaissances, la bronchite chronique que me donnait l'humidité de ma tente et mon renvoi pour compression de personnel, m'a sous-loué le bureau de son défunt mari, un grand passionné du duc d'Aumale. Seize mètres carrés meublés Second Empire, donnant sur la plus jolie impasse de Montparnasse. Ça lui fait du bien, dit-elle, d'entendre marcher au-dessus de sa tête. En échange de mensualités dérisoires pour le quartier, elle me demande simplement de cohabiter avec les quatre cent trente-neuf cavaliers de la bataille de Boghar que je suis censé dépoussiérer tous les trois mois, sans modifier la disposition des troupes d'Aumale attaquant la smala d'Abd el-Kader sur la table en verre. Je feins de m'y employer avec délice.

Dans l'espace laissé vacant par la conquête de l'Algérie, je vis entouré de yaourts où je place des électrodes pour étudier le comportement des ferments lactiques et leur interaction d'un pot à l'autre – sujet de la thèse en génie biologique que je ne désespère pas de soutenir un jour. Le reste du temps, j'élève dans ma baignoire des plantes médicinales afin d'obtenir des molécules anticancéreuses, sur lesquelles j'essaye en vain d'attirer l'attention des laboratoires. Et, pour payer mes factures, je traduis de l'anglais ou du russe les dernières découvertes scientifiques en matière de trous noirs, d'espace-temps, de manipulations bactériennes... Laissant libre cours à mes rêves, j'en déduis des applications inédites dont je m'empresse – la leçon a porté – de déposer le brevet à l'Institut national de la propriété intellectuelle, protections ruineuses qui m'interdisent toute autre dépense. Il m'arrive, néanmoins, de bénir Gwendoline pour son désamour et sa cupidité qui m'ont offert cette deuxième partie de vie si conforme à mes aspirations de jeunesse.

Seule nuisance : le tapage diurne causé à l'étage au-dessus par Coumba, de 6 à 8 et de 17 à 19 heures. Sa clientèle, essentiellement composée de cadres supérieurs et de hauts fonctionnaires fuyant la pression des responsabilités, précède l'ouverture des bureaux et le retour au bercail. Coumba est une spécialiste SM qui attache, fouette ou cogne à la demande, et dont la copropriété tolère avec bienveillance les «patients», comme elle dit, car elle est la seule à pouvoir payer régulièrement ses charges et avancer au syndic le montant des travaux quand notre vieil immeuble se fissure.

A la fin de ses heures ouvrables, elle vient souvent

chez moi partager une omelette. C'est une grande Noire plantureuse qui me dicte son courrier pour le Mali, et me remercie d'une branlette amicale en laissant reposer ses outils de travail. C'est la seule qui me comprenne, en fait. Mes Yoplait branchés sur électroencéphalographe ne lui inspirent qu'un respect de principe. J'ai des diplômes : je sais ce que je fais. Il y a des hommes qui murmurent à l'oreille des chevaux ; moi je suis à l'écoute des yaourts. Pour elle, c'est une simple question de sensibilité.

Quand je lui ai parlé d'Alice, elle a fait le signe de croix.

– Si jamais tu niques une aveugle, tu allumes une lumière que tu n'as plus le droit d'éteindre, malheureux ! Songes-y !

Le *Son-geu-zy !* qu'elle rugit à tout bout de champ comme un avertissement divin, à l'adresse du facteur, des clients sans monnaie ou des gamins de l'immeuble dont elle arrache les oreillettes en hurlant à la surdité, m'était destiné pour la première fois. Mais elle s'est radoucie aussitôt, m'a frictionné le crâne en riant et m'a tiré les cartes.

– Par là où elle est apparue, elle réapparaîtra ! s'est-elle contentée de prophétiser après une longue série de trèfles qui ne semblait pas l'enthousiasmer.

J'en ai conclu qu'un Nice-Paris ramènerait Alice à

la case macarons, mais le torticolis s'installe depuis bientôt deux semaines, et elle m'a sûrement oublié. A moins qu'elle ne soit revenue un mardi, mon jour de congé. Coumba me rappelle à l'ordre quand je lui dis que je ne reverrai pas ma belle aveugle.

– Le bon Dieu n'aime pas qu'on désespère, je te l'ai dit cent fois !

Nos discussions théologiques me dépaysent ou me bassinent suivant les jours. Côté religion, ma mère m'a laissé le choix. Dans le roman, après avoir vomi mon premier steak halal, je me fais baptiser à ma demande à Saint-Jean-de-Montmartre, la paroisse de l'auteure. Dans la réalité, j'ai lu poliment la Bible et le Coran, mais je préférais Jules Verne et Alexandre Dumas. La biologie m'a rendu végétarien et la philosophie de Trinh Xuan Thuan, mon maître en astrophysique, m'a rapproché du bouddhisme.

– N'oublie jamais que tu t'appelles «Poubelle», comme le président Houphouët-Boigny signifiait «Détritus» ! Ça éloigne de vous les mauvais esprits et ça vous porte bonheur ! Car tu es un chanceux, même si... Même si.

J'acquiesce. Memsi, c'est le surnom qu'elle me donne, et ça me convient très bien. Derrière ses airs de mauvaise coucheuse, Coumba est ma bonne fée. C'est en remontant de la boulangerie que, cinq mois plus tôt, dans la dèche absolue où me plonge le dépôt de mes idées à l'INPI lorsqu'elles sont trop nombreuses, j'ai croisé sur mon palier le flagellé de 7 h 30, un grand chauve gêné qui redescendait en fixant le tapis de l'escalier.

– Désolé pour le bruit, m'a-t-il confié à voix basse, tandis que j'introduisais la clé dans ma serrure. Coumba m'a parlé de votre sens de la communication et de vos compétences en dérivés laitiers. Si cela vous intéresse, il vient de se libérer une place d'agent de promotion-vente à Orly Ouest. Présentez-vous à la boutique Ladurée, de la part des ressources humaines du groupe Holder, et demandez le chef de site : il sera prévenu.

C'est ainsi que, n'en déplaise à Pôle emploi, une pute malienne m'a obtenu le meilleur contrat d'embauche auquel puisse prétendre aujourd'hui, sur le marché français, un ingénieur chômeur de plus de quarante ans.

*

L'avantage des rencontres sans lendemain, c'est qu'elles ne laissent que de jolis regrets. J'étais en train de me résoudre à archiver dans mon cœur Alice Gallien quand, un vendredi matin à 8 h 10, alors que j'achevais la mise en place de mon étal, un aboiement a retenti dans mon dos. Le temps de me retourner, une masse s'est abattue sur moi et je suis tombé à la renverse en écrasant mon présentoir de macarons.

Je suis atterrée. Jamais je n'aurais imaginé que l'événement le plus merveilleux de ma vie déboucherait sur une pareille détresse.

Tout avait commencé comme un rêve exaucé. L'excitation rassurante de papa à l'aéroport. Le trajet dans son nouveau 4×4 beaucoup mieux suspendu que le précédent. Le déjeuner sur la terrasse du petit chalet de souvenirs dominant les pentes de Valberg où je ne viens qu'en hiver, d'habitude. La confiance en béton armé du Pr Piol, un ancien soupirant de maman. Mon installation au CHU dans une chambre où je sentais le soleil sur ma peau. Et, surtout, la sérénité de Jules qui savait que ma présence au milieu des blouses blanches signifiait pour lui vacances. Une étape importante de son dressage, bien ancrée dans son cerveau de gardien responsable. Il déléguait. J'étais en de bonnes mains, couchée, bien sage : il pouvait sans remords aller se baigner avec papa et sa nouvelle copine dans les vagues de Cagnes-sur-Mer et les gorges du Cians, pendant que les blouses blanches veillaient sur moi.

L'opération s'est parfaitement déroulée. Aucune douleur, aucune séquelle d'anesthésie. Le soir même, je distinguais des formes en mouvement. A 6 heures du matin, l'infirmière a surgi en entendant mon hurlement. Hoquetant, en larmes, je lui ai crié que le mur était beige, que le tableau rectangulaire représentait un cheval au soleil couchant et qu'elle était rousse, rousse, rousse... Le flot d'informations impossible à endiguer se déversait en crise de nerfs. Peu à peu, les tranquillisants ont remis en place le bonheur qui me submergeait, et la vie a repris calmement les couleurs qu'un jet d'acide m'avait fait perdre en quinze secondes, l'année de mon bac.

Le cauchemar a commencé le lendemain. Mes analyses, mes examens et mes progrès, aussi bien pour le champ visuel que pour l'accommodation, avaient décidé le Pr Piol à me déclarer sortante, malgré les grains de sable qui continuaient à tourner quand je ne mettais pas mes lunettes noires. Sur le parking de l'hôpital, papa jouait avec Jules. Quand il m'a vue, il a fait une chose qui m'a bouleversée : c'est à moi qu'il a lancé la balle du chien. Je l'ai attrapée au vol. Il a couru pour me sauter au cou. Jules, lui, a stoppé son élan. Je le fixais dans les yeux, sourire figé. Je me suis accroupie devant lui.

– Comme tu es beau, mon chien, mais comme tu es beau… Mille fois plus beau que je t'imaginais.

Il a reculé, la queue basse. Je me suis tue, le souffle en suspens, les mains ouvertes pour qu'il vienne contre moi. Après dix secondes de tremblements, il s'est approché, très lentement, en grognant. Je ne bougeais pas. Je l'ai vu tourner autour de moi, la truffe aux aguets. Il m'a reniflée, il a sorti la langue pour me lécher, l'a rentrée avant même le contact. Un flot de perceptions contradictoires passait dans son regard, son attitude, faisait vibrer tout son corps. J'ai brusquement pensé à René, le planton de RTL. Quand il était revenu de chimio après un cancer de la gorge, sa vieille épagneule lui avait fait la fête jusqu'à l'instant où elle avait entendu sa voix. Ce n'était plus lui. Elle le reconnaissait, c'était son odeur, son image, mais ce n'était plus lui. Mon labrador éprouvait le même choc. Alice qui marchait toute seule, ouvrait une porte sans lui, attrapait sa balle au vol, le regardait dans les yeux, ce n'était plus Alice.

Brusquement, il a couru jusqu'au 4×4 et s'est mis à griffer la carrosserie. Papa s'est précipité pour lui ouvrir le hayon arrière. Jules a plongé parmi les cannes à pêche, les palmes, les épuisettes – mon Dieu ! tous ces objets qui remontaient de ma mémoire avec leurs noms, leurs teintes, leurs contours oubliés... Et il est revenu à fond de train vers moi, son harnais entre les dents. Il l'a déposé à mes pieds. Pas comme une offrande, un hommage, un rituel. Comme un ordre.

J'ai ramassé le harnais, le lui ai attaché à tâtons, essayant de retrouver mes gestes *d'avant*. Je me suis relevée, en attente, et j'ai laissé Jules me guider vers la voiture. Sa queue a remué trois fois, par réflexe, puis s'est collée contre sa patte arrière gauche. Les doigts crispés sur le guidon du harnais, j'ai fermé les yeux – c'était plus simple. Il m'a conduite jusqu'à la portière passager. J'ai cherché la poignée en tâtonnant du mauvais côté. Son museau n'a pas orienté ma main.

*

Le lendemain, au réveil, il avait oublié l'incident. Un mauvais rêve. Ma façon de le caresser en le contemplant malgré moi l'a replongé aussi sec dans sa nouvelle réalité. Il a bondi du lit, est allé se recroqueviller dans son panier.

Rien n'a pu le faire sortir. Ni le fumet du barbecue, ni le chat du voisin, ni les clarines des vaches. Le monde avait perdu ses règles et il ne voulait plus rien sentir, voir, entendre. Ce n'est qu'au milieu de la nuit suivante qu'il m'a rejointe sous le drap. Je l'ai enlacé en pleurant. Je lui ai dit que c'était moi, que j'étais la même, que j'avais toujours autant d'amour pour lui, qu'il m'arrivait une chose extraordinaire mais que ça ne changeait rien entre nous. Et je savais que c'était faux. Je n'allais pas redevenir aveugle pour lui redonner sa raison d'être.

*

J'espérais que le retour à Paris dans son univers familier arrangerait un peu les choses, lui rendrait sa vigilance, son appétit, sa joie de vivre. Avec la meilleure volonté du monde, j'ai réintégré le temps du voyage mon statut de non-voyante. Embarquement prioritaire. Fauteuil roulant. Aucune initiative. Mais lui ne se donnait pas la peine de jouer mon jeu On ne ment pas à un chien. Il sentait que désormais je pouvais me débrouiller sans lui. Il avait cessé de voir pour deux. Il n'avait plus besoin de réagir à ma place, d'anticiper en fonction de mes réflexes, d'évaluer par rapport à moi les obstacles, les gabarits, les distances. Il ne tirait plus le guidon du harnais ; il attendait que je le pousse. Comme un retraité à qui on ne la fait pas, il laissait l'impuissance et l'inutilité remplacer le savoir-faire.

Dans l'escalator d'Orly, il s'est assis sans que je l'y invite, au lieu de surveiller les marches en fer pour se tenir prêt à m'alerter dès qu'elles se rétracteraient. Et brusquement il s'est relevé, à mi-parcours, les pattes sur le caoutchouc de la rampe mobile, fixant par une trouée du béton le hall Départ où l'on apercevait la malle arrière d'une espèce de fiacre en bois vert clair. Il a gémi, la tête en extension. Quand un panneau de pub lui a caché la vue, il a voulu remonter les marches. Je l'ai retenu. Il cherchait sans doute le vendeur de macarons qui l'avait libéré de sa cage. Mais ce n'était pas le moment d'aller en pèlerinage au niveau Départ : vingt mètres plus bas, Fred devait nous attendre au milieu de la foule.

Le choc a été rude. Je l'ai dissimulé de mon mieux sous l'émotion de nos retrouvailles. Six ans d'amitié amoureuse, de week-ends en commun, et c'est son élan vers moi qui, seul, m'avait fait mettre un nom sur ce visage. L'étreinte m'a renvoyée aussitôt dans le passé du parfum, du toucher, de la tendresse... Mais le mal était fait.

– Tu me voyais plus jeune, a traduit Fred qui n'a d'illusions sur rien.

J'ai gagné du temps en invoquant le flou provisoire

et les lunettes noires que je devais garder encore huit jours.

— Et toi, tu t'es trouvée comment ?

Sa question était posée sur un ton si maso que je me suis contentée de répondre par une moue incertaine. Oui, Fred, je m'étais trouvée belle. Pardon. Je m'étais trouvée sexy, rayonnante, sympathique. Si différente de l'ado impatiente que tout le monde énervait. La tête à claques trop mûre qui s'enlaidissait par fierté, de peur qu'on la confonde avec les pouffes de sa classe. Les yeux dans les yeux, malgré les taches tournantes et les problèmes de mise au point, je me suis plu dès le premier miroir. A défaut de me reconnaître, je me redécouvrais. La femme que j'étais devenue devait tout à son handicap, je sais. Mais j'avais envie que Fred m'aime pour autre chose. Autre chose que nos souvenirs communs. Qu'allions-nous devenir sans la dépendance et la confiance aveugle ? Affectivement aussi, il fallait que j'*accommode*.

— On dépose le chien et je t'emmène fêter ça, mon ange, d'accord ? J'ai réservé au gastro de la tour Eiffel, pour que tu aies tout Paris sous tes yeux.

— Un autre soir, si ça ne t'ennuie pas. J'ai encore très mal au crâne et Jules n'est pas dans son assiette.

— Ben oui, tu te retrouves au chômage, pépère ! a plaisanté Fred en lui labourant le poitrail, avec cette manie d'appuyer pile où ça fait mal pour dédramatiser. Vous préférez dormir seuls, c'est ça ?

– Ce n'est pas contre toi...

– J'espère bien ! D'ailleurs je me lève à l'aube, demain : comme cadeau pour ta guérison, je m'offre un lifting facio-temporal.

J'ai souri poliment, dans l'écho de son éclat de rire. Je n'étais pas dupe : c'était moins de l'humour qu'une façon de me tester.

Quand ma valise est arrivée sur le tapis, j'ai fait exprès de ne pas la reconnaître, par égard pour Jules. Mais il regardait ailleurs, déconcentré malgré son harnais. Il regardait un york dans les bras d'une jeune fille. Lui qui avait toujours pris un plaisir de chasseur à débusquer mes bagages du premier coup. Fred a compris le problème et laissé une deuxième chance au chien, avec un petit coup de semelle en douce quand la Samsonite grise constellée d'étoiles rouges est repassée devant lui. Pas de réaction. Sans faire de commentaire, Fred a pris la valise, et nous a précédés jusqu'au taxi qui nous attendait face à la porte F.

On a échangé des caresses et des baisers discrets sur l'autoroute. Et puis son téléphone a sonné et les problèmes d'événementiel, de budget, de retombées presse lui ont pris la tête jusqu'à la rue de Vaugirard.

Jules nous tournait le dos, roulé en boule sur le tapis de sol.

Arrivé à l'appartement, avant même que je lui aie enlevé son harnais, il a foncé dans son panier et n'en a plus bougé.

J'ai appelé le Dr Haussmann.

*

Jacques Haussmann est un misanthrope comblé qui voit depuis toujours dans le chien d'excellentes raisons de mépriser l'homme. Quel bipède est capable de trouver son bonheur dans la loyauté, l'empathie, le don de soi, la transmission de pensée, jusqu'à ressentir les émotions de son maître comme une seconde nature ? Au téléphone, il m'a répondu qu'il n'avait pas une minute jusqu'à son départ en vacances, et qu'il revenait le 15 août. Je lui ai expliqué la situation en deux phrases. Il m'a donné rendez-vous le lendemain matin.

Ses yeux de cocker et ses lèvres tombantes sous la barbe de trois jours ont exprimé, le temps d'un bref sourire, qu'il était content pour moi du succès de la greffe. Puis il s'est occupé de Jules. Mais l'examen et les tests n'étaient pour lui qu'une formalité : dès l'énoncé des symptômes, il avait établi son diagnostic et son traitement. Ses études de vétérinaire, son doctorat en éthologie et ses trente ans d'expérience comme directeur de centre éducatif lui ont appris que les chiens qui perdent leur aveugle sont plus malheureux que la femelle à qui l'on retire son chiot.

– Je sais les aider à surmonter un deuil, Alice, mais vous êtes mon premier cas de guérison.

Il ne voyait que deux solutions au problème. Ou Jules, avec l'aide d'un antidépresseur, se résignait à devenir pour moi un simple animal de compagnie en préretraite – et quel gâchis, à vingt mille euros la formation –, ou bien il retrouvait du jour au lendemain l'équilibre et l'estime de soi en étant affecté à un nouveau déficient visuel.

– Vu la liste d'attente, je n'hésiterais pas une seconde à votre place. Vous connaissez les chiffres : mille cinq cents chiens pour soixante-deux mille aveugles. C'est un des meilleurs éléments à qui j'aie décerné le diplôme, Alice, vous le savez.

J'ai baissé les yeux. Je me rappelais la soirée que nous avions passée à Eze, quand Jules avait obtenu son permis de guider. Je sais très bien que c'est grâce à l'intervention de Jacques Haussmann, alors président de la Fédération des Alpes-Maritimes, qu'on m'avait attribué le major de la promotion. Je l'avais ému. Aujourd'hui, il ne voyait plus en moi qu'un facteur de crise. Il a conclu :

– Vous avez une nouvelle vie devant vous, à laquelle vouloir associer Jules ne serait que le fruit d'une sensiblerie égoïste. Alors qu'il lui reste au moins cinq ou six ans pour apporter assistance et bien-être à un aveugle qui lui rendra sa dignité, son bonheur de chien guide. A vous de choisir, Alice.

Je suis repartie seule.

*

C'est dans le bus que j'ai vraiment pris conscience de la situation. J'ai pleuré tout le temps du trajet, ressassant les réponses du Dr Haussmann à mes différentes objections :

– Bien sûr, vous l'aimez et il vous aime, mais ce n'est plus le problème. Votre autonomie soudaine a rompu l'essentiel du lien.

– Il peut s'habituer, non ?

– Oui, en se reniant. En violant son instinct, ses acquis, sa mission. Regardez ce qu'il vous a fait, à Orly. Le coup de la valise. Face à la perte de ses prérogatives, il a répondu par la rébellion. Comme un môme. Il se sent inutile, humilié, rejeté : il fait la gueule, il provoque. Mais les couches profondes du dressage ne sont pas atteintes : il faut simplement qu'il vous oublie.

– Je n'aurai plus le droit de le voir ?

– Je vous le déconseille. En tout cas les premiers mois.

– Mais il va croire que je l'abandonne !

– C'est le but. Ça s'inscrit dans la logique du reste. Mieux vaut une séparation aussi brutale que le choc émotionnel que vous lui causez à chaque regard. Dès que vous serez sortie de ce bureau, je sélectionnerai sur ma liste d'attente le demandeur qui a le profil le plus éloigné du vôtre. L'urgence de s'adapter à un nouveau dépendant, surtout dans un contexte radicalement différent, arrêtera net sa dépression.

– Mais on ne s'est jamais quittés !

– Il vous manquera, évidemment, et vous hanterez un temps ses rêves quand il sera au repos. Son réflexe-amour à votre égard est intact, mais c'est le seul. Tout le reste est devenu pour lui incohérence, contradiction, perte de repères et d'identité. Oubliez-le, Alice, dans son intérêt. S'il reste avec vous sans rien faire, il sera mort dans un mois.

J'ai signé l'acte de donation à la Fédération qui me l'avait offert, sept ans plus tôt. Jamais je ne pourrai effacer le regard de Jules quand j'ai quitté la pièce. Il ne précédait plus mes mouvements depuis plusieurs jours, mais, là, il ne s'est même pas levé pour me suivre. Il *savait*. La truffe au ras du tapis, les oreilles flasques, il me laissait partir. Voler de mes propres yeux.

Si c'était pour imprimer de telles images, à quoi bon revoir le jour ?

*

Je suis descendue à l'arrêt de l'avenue Montaigne, complètement cassée. Malgré moi, je marchais le bras gauche tendu en avant. Comme ces amputés qui ont mal au membre qu'ils ont perdu. Je ne pouvais le dire à personne, mais revoir le monde toute seule, c'était tellement plus dur que de ne rien voir à deux. Surtout au moment d'affronter les dizaines de personnes qui allaient fêter ma renaissance.

J'ai remonté le trottoir de la rue Bayard dont mes pieds connaissaient par cœur la moindre crevasse, et je suis allée arpenter RTL de bureau en studio pour remercier mes collègues, découvrir les visages qui correspondaient ou non à leur voix. Les bouchons de champagne ont sauté. Ils étaient si heureux pour moi. Inutile de leur cacher ce qu'ils prenaient pour des larmes de joie. A la question « Comment va Jules ? », j'ai commencé par répondre : «Il se repose.» Et puis j'ai fini par dire la vérité.

Pour couper court aux commentaires, j'ai tenu à enregistrer les annonces du jour, à la place de ma remplaçante qui avait la gorge nouée par l'émotion. J'étais encore en arrêt de travail, mais il n'y avait pas de convalescence à respecter au niveau de mes cordes vocales. Et puis, au moins, ça faisait écran.

Pendant cinq heures, je me suis abrutie de potins de couloirs, de rumeurs politiques et people, d'estimations d'audience. Et, à la fin de la journée, je me suis précipitée chez Fred qui a su trouver les gestes, sinon les mots, pour que je cesse de penser à mon chien une vingtaine de minutes.

– J'annule la résa pour Trouville?

– Non, Fred, surtout pas.

– Mais tu l'auras dans la tête du matin au soir, là-bas ! Sa gamelle dans la chambre, son croissant du matin... Tu l'imagineras courir sur la plage, nager avec toi, te rapporter des coquillages, aller te chercher une glace...

– C'est lui qui doit essayer de m'oublier. Pas moi.

– Mon ange... pourquoi on n'essaie pas de se faire des souvenirs neufs, nous deux? On n'a qu'à prendre un avion au hasard...

– Tout est neuf, maintenant que je vois. Je veux d'abord redécouvrir ce que j'aime.

– Ça m'englobe ?

– Evidemment.

Fred a pris une longue inspiration, un temps interminable, avant de laisser tomber sur un ton sépulcral, le regard sur la cime des pins au ras de son balcon surplombant le bois de Boulogne :

– Tu as fermé les yeux en faisant l'amour.

– Comme je fais toujours, oui.

– Pour ne pas me dépayser, d'accord. Ne triche pas avec moi, Alice. J'ai trente ans de plus que toi.

– Ce n'est pas nouveau.

– Non, mais maintenant, tu vois comment les autres te regardent. Et tu vois *qui* te regarde. Et fatalement, tu compares. C'est normal.

– C'est gentil de me faire une scène de jalousie.

– Gentil ?

– Pour que je pense à autre chose. Mais ça ne marche pas.

– Et si je t'offrais un autre chien ?

– Tu veux dire « un chien normal » ? Non merci. Surtout pas. Tu me promets ?

– Tu es chiante, Alice.

– Moi aussi je t'aime.

Je me suis endormie en travers du lit, mes cuisses

entre les siennes. Au matin je me suis réveillée en boule, les genoux sous le menton. Ma position depuis sept ans. J'ai refermé les yeux sous la brûlure du soleil, et j'ai allongé les jambes dans le vide à la place de mon chien.

Le colonel Jouars avait soixante-quinze ans. C'était un ancien officier d'artillerie devenu aveugle des suites d'un glaucome. Sa femme avait reçu une nouvelle inespérée : alors que la Fédération les avait prévenus que, malgré la recommandation du gouverneur militaire de Paris, il leur faudrait attendre trois ans minimum pour pouvoir bénéficier d'un chien d'assistance, voilà que le Dr Haussmann leur avait trouvé, disait-il, « la perle rare ». Elle remerciait le ciel en pleurant. Avec son début d'emphysème qui venait de s'ajouter à l'arthrite, elle n'en pouvait plus de servir de canne blanche et de souffre-douleur à son époux.

Ils venaient de suivre un stage de cinq jours à l'école, pour que le colonel apprenne en formation accélérée les trois étapes de sa nouvelle vie : la signalisation (son guide lui indique une direction, un obstacle, un danger), l'identification (il assimile les renseignements transmis) *et la stimulation (il obéit à son chien, le remercie et lui fait une autre demande). Le sixième jour, l'éducatrice avait conduit Jules à son nouveau domicile, pour qu'il repère le territoire et se familiarise avec les habitudes en vigueur au foyer. L'initiation du colonel aux transports en commun s'effectuerait au cours de la semaine suivante.*

Au sein de l'école, la première phase s'était déroulée sans heurts. Chez les chiens guides, sélectionnés dès la naissance par tests de comportement et d'aptitudes, éduqués un an en famille d'accueil avant d'être formés à leur métier pendant six mois d'apprentissage intensif, l'instinct de gérer la dépendance d'un humain l'emporte sur l'état émotionnel. Jules avait recommencé à manger, à jouer, à frissonner de plaisir quand on lui attachait son harnais. Au repos, il attendait Alice. Il l'imaginait chez les blouses blanches, qui la lui rendraient comme avant. Normale, sans vision, dépendant de lui. Il oubliait son impatience dans le travail.

Mais, à peine installé dans son nouveau foyer, il s'était remis à déprimer. Quand le colonel ne comprenait pas l'information transmise, il lui criait dessus et le frappait. Plus l'épouse prenait la défense de Jules, plus l'artilleur était remonté contre lui. Il en voulait à la terre entière de ne plus être autonome et se vengeait sur son guide. A la troisième promenade, complètement perturbé par le langage des coups de cravache qu'il ne savait pas déchiffrer, le labrador s'était engagé sous un échafaudage de trottoir trop étroit pour la corpulence de son nouvel aveugle. Heurtant les montants de métal, le colonel avait lâché le guidon du harnais, et Jules s'était sauvé.

Concentré sur l'image mentale d'Alice, rassemblant et confrontant toutes les informations visuelles, olfactives, extrasensorielles à sa disposition, il était arrivé devant RTL au moment où la voiture de Fred quittait en trombe la rue Bayard. Hors d'haleine, il s'était laissé distancer malgré les feux rouges.

Le temps de traverser la Seine à l'Alma, de remonter Bosquet et de couper par le Champ-de-Mars en direction du XVᵉ, il a trouvé porte et volets clos en arrivant devant le rez-de-chaussée de la rue de Vaugirard. Pourtant, l'odeur d'Alice était là, toute fraîche, son chewing-gum à peine mâché dans le caniveau. De la porte cochère à l'emplacement de stationnement interdit, les roulettes en caoutchouc de la valise à étoiles avaient laissé leur odeur sur le trottoir. Aucun son correspondant au moteur suraigu de la voiture de Fred. Aucune autre information disponible en provenance d'Alice.

Jules s'est couché sous la fenêtre de la chambre. Il a veillé jusqu'à la nuit. L'épicier du coin l'a dérangé. Des voisins. Ils parlaient d'Alice sur un ton interrogatif.

Puis deux inconnus ont tenté de l'attraper avec une muselière.

Il a repris sa course. Les boulevards extérieurs. Le périphérique. Les mouettes, la mer. Le bruit des avions, l'aéroport. Deux directions opposées. Il fallait choisir. Alice en maillot de bain jouant avec lui dans les vagues. Alice qui l'abandonnait. La cage sur le tapis roulant. Alice en tenue de voyage derrière les barreaux. La cage ouverte. La joie d'Alice. Le marchand de macarons.

Je me débats sous les coups de langue, me redresse dans les décombres, dérape sur la crème. L'arrière de la diligence s'est effondré sous mon poids, entraînant la moitié du toit en contreplaqué chantourné. Toute l'équipe a surgi du restaurant Ladurée. Mon chef de site glapit :

— Sortez votre clébard d'ici, tout de suite !

— Mais il n'est pas à moi ! dis-je en repoussant les débordements d'affection du labrador.

L'argument n'aura servi à rien. Séance tenante, je suis licencié avec effet immédiat pour faute grave et destruction de matériel. Mon copain de la PAF s'efforce en vain d'intercéder, puis me remonte le moral :

— Après un coup pareil, elle ne peut plus rien te refuser, sa bombasse de maîtresse. Tu vas me la sauter en dommages et intérêts, je compte sur toi. Allez, viens.

Frétillant de joie, le chien nous accompagne au comptoir informations. A ma grande surprise, je suis bien plus exalté que meurtri par la catastrophe qui vient de briser l'équilibre financier auquel je commençais tout juste à m'habituer. Jean-Mi briefe l'hôtesse d'accueil qui psalmodie dans son micro :

– Le chien Jules attend sa maîtresse non voyante Alice. Il s'agit d'une jeune femme de taille moyenne aux cheveux blond-roux, âgée d'une trentaine d'années. Merci de la conduire jusqu'au point de rencontre, hall 2. Je répète : Le chien Jules…

Elle a refait son annonce une dizaine de fois à intervalles réguliers, pendant un bon quart d'heure. Renseignements pris auprès d'Air France, aucune passagère code Saphir – personne à mobilité réduite ou déficience visuelle sous assistance – n'a débarqué des vols en provenance de Nice.

– Un responsable des chariots l'a vu arriver tout seul en courant par la rampe d'accès des taxis, me signale Jean-Mi en revenant au comptoir. T'as fait une touche canine, mon pote ! Hein, Charlène ?

L'hôtesse de comptoir acquiesce vaguement d'un haussement de sourcil.

– Il a carrément fugué pour te retrouver, le gros Jules ! Il voulait revoir le héros qui l'a sorti de la cage de soute – ou alors c'est juste pour les macarons. Vous en pensez quoi, Charlène ?

Il continue de draguer l'hôtesse sur mon dos, tandis que je compose pour la dixième fois le numéro de portable figurant sur le médaillon du collier.

– *Désolé, la messagerie de votre correspondant ne peut plus prendre de message, merci de rappeler ultérieurement.*

– Envoie un texto, conseille Jean-Mi.

– A une aveugle.

– Tu veux que j'aille demander chez Ladurée son ticket de Carte bleue, et que je téléphone à sa banque ?

– Attends, il y a plus simple.

J'appelle le 118 711, pour demander le numéro de la Fédération française des associations de chiens guides, dont le logo décore le harnais.

– FFAC, bonjour, Martine à votre service.

Je me présente, j'explique la situation, je donne le nom et le signalement du labrador assis devant moi.

– On vient juste de nous signaler sa disparition, génial ! Ça vaut très cher, les chiens comme ça : ils sont de plus en plus volés.

– J'ai essayé de joindre son aveugle, mais…

– Ne quittez pas, monsieur. Sa fiche me donne 06 61 45…

– ... 22 20, oui. C'est le numéro sur le médaillon, mais le répondeur est saturé. Vous avez l'adresse ?

– 95, rue Oberkampf, Paris XIe, 7e gauche. Il vous est possible de le ramener sur place ?

– Oui, oui...

– Super. On essaie de prévenir la personne de notre côté. Vous nous rappelez s'il y a le moindre problème. A votre service, monsieur.

Je raccroche en la remerciant.

– Ben ça y est, veinard ! se réjouit Jean-Mi avec un coup de coude égrillard. T'as plus qu'à aller toucher ta récompense !

Je tends la main vers la poignée du harnais. Le chien se relève aussitôt.

*

Dans l'ascenseur comme devant les caisses du parking, j'ai vu les gens me dévisager avec des mines surprises. Voire soupçonneuses. J'ai fini par prendre un air aveugle pour ne plus attirer l'attention. Je n'allais pas, en plus, me faire arrêter pour vol de chien guide.

Regard fixe, la main crispée sur la poignée de Jules, j'ai feint de me laisser conduire jusqu'à ma voiture dans les allées du troisième sous-sol. Arrivé devant les emplacements réservés Ladurée, j'ai attendu qu'on soit seuls. Le labrador, à dix centimètres de ma jambe gauche, aligné sur mon pas, me surveillait pour anticiper mes mouvements. J'avais l'impression d'être en formation accélérée. Il avait commencé par refuser que je tienne son anse articulée de la main droite, en venant se placer obstinément de l'autre côté. Je suppose qu'un aveugle se conduit à gauche.

Dès que j'ai ouvert la portière arrière, il a grimpé dans la Kangoo comme s'il faisait ça tous les jours. Le temps que je m'installe au volant, il avait sauté sur le siège avant, et s'était assis face au pare-brise dans une attitude de copilote. Ignorant tout du mode d'emploi d'un chien guide, de ses réactions en voiture et de la législation en vigueur, je lui ai attaché sa ceinture de sécurité. Il s'est laissé faire, imperturbable.

On venait à peine de franchir la barrière de péage quand il s'est mis à aboyer. Je lui ai ordonné de se taire. Aucun effet. Il fixait l'autoradio. Mon visage. Puis à nouveau l'autoradio. J'ai fini par l'allumer pour avoir la paix. France Musique ne l'a pas incité au silence, mais l'orchestre a couvert le son crispant des aboiements.

La tête farcie de Schubert à plein volume, j'ai roulé pied au plancher jusqu'à la porte d'Ivry. A présent, Jules engueulait carrément l'autoradio. J'ai changé de station, balayé la bande FM en espérant trouver une couleur musicale à laquelle il serait moins allergique. Nostalgie, NRJ, Europe 1, Voltage, RTL... D'un coup, il s'est tu en entendant Nicolas Sarkozy critiquer des journalistes par-dessus un générique de fin. Avec un petit couinement, il s'est couché sur le dos, pattes en l'air. Un chien de droite.

Le répit n'a pas duré longtemps. Aux abords de la Bastille, à nouveau dressé face au pare-brise, il a carrément grogné en montrant les dents. J'ai tenté la conciliation :

– Tu t'es disputé avec ta maîtresse, c'est ça ? Elle t'a puni ? Non ? C'est quoi alors, tu es jaloux ? Elle a rencontré quelqu'un ?

Je me suis rendu compte que j'étais en train de cuisiner un chien. Je ne tournais vraiment plus rond, moi. Et puis, brusquement, j'ai compris la situation – du moins j'ai eu peur de comprendre. Alice s'était fait agresser. Ou enlever. Ou séquestrer. Il n'avait rien pu faire, et il s'était précipité vers l'homme qui leur avait porté secours deux semaines plus tôt. Ça paraissait dingue, mais terriblement logique en même temps, hélas. En tout cas, ça expliquait tout. Le portable de sa maîtresse qui ne répondait pas, la messagerie saturée. Son comportement. Son impatience. Sa détresse. A mesure qu'on approchait de chez lui, tout dans son attitude indiquait la peur, la colère, le danger.

Au carrefour Oberkampf, je me suis efforcé de maîtriser l'angoisse qu'il me transmettait, mais il grognait de plus en plus fort tandis que je remontais la rue. A présent, il donnait des coups de museau dans le volant, comme pour me faire stopper ou changer de direction.

– Sage ! Arrête, Jules, merde !

Mon embardée a évité de justesse un cycliste qui roulait à contresens. Avisant une place handicapés en face du 95, je m'y suis garé par l'avant sous les klaxons du camion qui me suivait.

– Bon, tu te calmes, Jules, maintenant, d'accord ?

Il soutenait mon regard d'un air à la fois quémandeur et dominant.

– Allez, on y va ! On monte ! C'est pour ça que tu es venu me chercher, non ?

D'une détente, il a bondi à l'arrière et s'est planqué au pied de la banquette, essayant de ramper sous mon siège. Dominant, mais pas téméraire. Je me suis penché pour attraper la poignée du harnais. On a cogné à ma vitre. Une contractuelle. J'ai descendu la glace à moitié.

– Vous êtes sur un emplacement handicapés, monsieur.

– Je sais, oui. C'est un chien d'aveugle.

La grosse dame m'a détaillé avec un air fermé,

puis s'est tournée vers le labrador qui essayait de se confondre avec le tapis de sol. J'ai précisé :
– Sa maîtresse habite en face.
Elle a désigné le bas de mon pare-brise, imperméable à mon sourire.
– Vous n'avez pas la vignette. Circulez, ou je verbalise.
Je suis sorti d'un coup, je lui ai fait face avec le calme ascendant des arts martiaux.
– Soyez gentille de m'attendre juste une minute, mademoiselle. Il y a un problème avec sa maîtresse, justement : j'ai peur qu'elle se soit fait attaquer. Ou plutôt non, venez avec moi, tiens, si jamais il faut prévenir la police.
– Je *suis* la police, monsieur. Je vous dis de circuler.
– Bougez pas, je reviens.
Je traverse entre deux voitures. Arrivé devant le 95, je me retourne. La contractuelle me fixe, immobile, stylo en suspens au-dessus de son carnet à souche. Je monte la main vers l'interphone, presse la touche *7 G.*
– Allô, oui. Qui est là ?
Une voix de vieille dame. La mère ou la grand-mère.
– Bonjour madame, tout va bien ?
– Mais oui, pourquoi ? Qui êtes-vous ?
Aussitôt rassuré, j'enchaîne :

– Alice est là ? Je rapporte Jules.

– Jules ?!

Sa voix a monté de trois tons, déraillant dans l'octave. J'entends un cri d'homme, des bruits de meubles qui tombent.

– Non, Bertrand, reste couché, je t'en supplie, c'est rien..., lance la mamie d'une voix paniquée. Juste un monsieur qui rapporte Jules... Mais non, attends, je vais lui dire moi, recouche-toi, s'il te plaît, le médecin t'a bien répété : surtout ne pas...

– Allô ! madame, excusez-moi, je suis mal garé, vous voulez bien me passer Alice ? Et si vous pouviez descendre avec sa carte d'invalide, on est en train de me verbaliser...

– Alice, quelle Alice ? beugle un vieux dans l'interphone. Y a pas d'Alice ici : la bonne s'appelle Pilar ! Et je ne veux plus jamais entendre parler de ce chien, c'est clair ? Foutez le camp ou je porte plainte !

Un fracas de verre interrompt ma demande d'explication. Horrifié, je vois le labrador jaillir de la Kangoo par la glace entrouverte qu'il vient de pulvériser. Le temps que je traverse en courant au milieu des klaxons, il a disparu au coin de la rue.

Je m'arrête devant la contractuelle qui, l'air hébété, tient sa contredanse figée au-dessus du rétro qui pendouille.

– Encore un peu, il me sautait à la gorge ! glapit-elle.

Je lui réponds d'aller se plaindre à ses maîtres au 95, 7ᵉ gauche. J'ouvre ma portière et je me laisse tomber sur le siège au milieu des éclats de verre, atterré. Ce n'est pas l'adresse d'Alice. Ce n'est pas son chien. Pourtant il s'appelle Jules. Et c'est bien le même.

Je ferme les yeux, la tête dans un étau. Je n'y comprends plus rien. Les seuls éléments certains auxquels je peux me raccrocher relèvent du cauchemar : j'ai perdu mon job, je n'ai pas d'assurance bris de glace et, si je remplace ma vitre, je n'ai plus de quoi payer mon loyer.

– Vous ne pouvez pas rester là ! s'égosille la contractuelle en martelant la carrosserie.

J'ai redémarré comme un zombi. J'essayais de reconstruire la situation sous les jingles publicitaires de l'autoradio que je ne songeais même pas à éteindre. Où était Alice, alors ? Qu'était-elle devenue ? Lui avait-on retiré son chien comme on reprend une voiture en leasing, quand le conducteur n'a plus les moyens de verser les mensualités ? Le labrador n'avait pas supporté leur séparation, et son instinct, sa détresse l'avaient conduit vers celui qui, treize jours plus tôt, les avait rendus l'un à l'autre. Il m'avait *choisi*

J'ai tourné à gauche dans la rue Saint-Maur, écrasé la pédale de frein. Jules m'attendait assis au milieu de la chaussée, la tête de côté. L'air penaud, mais résolu. Je l'ai vu contracter les muscles de ses pattes, évaluer la distance. Avant qu'il remonte en voiture par là où il était sorti, j'ai ouvert machinalement la portière passager. Il a grimpé sur le siège et s'est assis, comme si de rien n'était. Haletant, langue sortie, il me fixait avec une espèce de soulagement. Comme si j'avais enfin compris ce qu'il essayait de m'expliquer.

Les coups de klaxon derrière moi m'ont fait repartir. Je n'avais plus qu'à trouver un garage. Demander un devis, un crédit. Ou négocier avec ma logeuse un report de loyer. Après tout, ma vie démontre depuis le début que je me sors assez bien des situations les plus critiques. Mais pas forcément avec un labrador pot de colle qui fait une fixation sur moi…

A moins que ce ne soit un transfert. La pire des hypothèses prend corps dans ma tête. Alice est morte. Une chute dans la rue. Une voiture qui ne l'a pas vue. C'est pour ça qu'on a confié son chien à un autre aveugle. Mais Jules ne comprend pas. Il ne veut pas d'un nouveau maître. Il se raccroche à moi, en mémoire d'elle… Ou pour que je l'aide à la retrouver.

Peut-être qu'elle est vivante, alors. Hospitalisée, dans le coma...

Je m'arrête au carrefour suivant, les yeux embués par les images poignantes qui se télescopent. En plus, il s'est mis à pleuvoir à verse sur mon bras gauche. Et voilà que le chien recommence à aboyer, surexcité, en direction de l'autoradio. Trois secondes après, il s'interrompt en se tournant vers moi, une patte sur mon coude.

– ... *Le langage des corps au service d'un enjeu social.* Intermittence, *l'événement du Festival d'Avignon : un spectacle RTL.*

Je lui rends son regard, abasourdi. Le timbre, les intonations, ce vibrato de gamine joyeuse dans un velouté grave... C'est la voix d'Alice.

*

La pluie redoublant, je laisse la Kangoo dans un Car Glass à République. D'un auvent à l'autre, on part en quête d'un arrêt de bus. Après deux interpellations de flics concernant le degré de ma cécité, j'achète des lunettes de soleil afin de me mettre en conformité avec le chien. C'est plus rapide que de chercher une animalerie pour le banaliser en troquant son appareillage de guide contre une laisse ordinaire.

22, rue Bayard, VIIIe, m'ont indiqué les Renseignements. Savoir Alice en vie et en direct sur une radio fait de moi le plus heureux des hommes – en dépit du contexte. Mais bon, tout ce que je subis depuis deux heures trouvera, j'en suis sûr, une explication rationnelle et des solutions techniques. Peut-être que, tout simplement, les chiens guides effectuent des roulements pour ne pas trop s'habituer à un seul maître. Et, avec certains, ça se passe moins bien qu'avec d'autres. Après avoir entendu le ton odieux dans l'interphone, je comprends que le pauvre animal ait cassé ma vitre pour éviter que je le rende à son aveugle de remplacement.

Avenue Montaigne, Jules se lève pour descendre du bus. Je le suis jusqu'à la rue Bayard, sous le soleil plombé qui a succédé à l'averse. Il est à la fois pressé, joyeux, concentré. Par déformation professionnelle ou par jeu, il contourne méticuleusement les flaques d'eau en vérifiant que je garde les pieds au sec.

– Mais qu'est-ce que tu fais là, Juju ? se réjouit le planton devant les portes vitrées de la radio. Bonjour monsieur. Alors c'est vous, son nouveau maître, vous venez voir Alice ? Je vous badge : il connaît le chemin jusqu'au studio. Attention, l'escalier commence tout de suite, il est raide. Vous préférez prendre l'ascenseur ?

Je préfère, oui. Je serai plus crédible que dans une montée de marches à tâtons. Jules et le planton me guident dans un dédale de couloirs exigus, me font entrer dans un monte-charge et me conduisent jusqu'à l'accueil. Je me contrains à garder les yeux fermés derrière mes lunettes de soleil, pour être plus naturel. Il sera toujours temps d'expliquer à Alice les nécessités de la mise en scène.

– Mais monsieur, elle est en vacances, Alice ! se récrie la réceptionniste. Elle est partie hier !

J'avale ma salive pour contenir mon désarroi.

– Et… vous savez où ?

– Ben non.

– Vous avez son portable ?

– J'ai pas le droit de le donner. Faut demander aux ressources humaines. Vous êtes ?

Un immense découragement me tombe dessus à nouveau. Je dis que ce n'est pas la peine, et je vais m'effondrer sur la grosse banquette rouge en sortant mon téléphone. Jules se couche à mes pieds.

– Il s'est vite habitué à vous, en tout cas, me complimente la fille.

Je confirme par un sourire dans le vide et, faisant comme si mon clavier tactile était en braille, je tâtonne pour rappeler le standard de la Fédération.

– FFAC, bonjour, Martine à votre service.

– Rebonjour, c'est moi qui vous ai appelée tout à l'heure au sujet de Jules.

La voix se refroidit aussitôt :

– Oui, monsieur, le colonel Jouars nous a prévenus, il y a un souci. Ne quittez pas, je vous passe un responsable.

Elle me branche sur le *Boléro* de Ravel. J'hésite à raccrocher pour mettre les emmerdes sur pause, mais il faut bien que je trouve une porte de sortie. Si Alice est partie au bout du monde et que personne ne veut plus de son chien, je me vois mal garder en dépôt ce brise-glace dans mes seize mètres carrés.

– Mais ils vont me lâcher deux minutes, avec Jules ! Je vous ai dit que j'étais en réunion, Martine ! Docteur Haussmann, j'écoute, qui est à l'appareil ?

– Bonjour docteur, je m'appelle Zibal de Frèges, je suis...

– Qu'est-ce qu'il vous a fait, à vous, il vous a mordu, pissé dessus, renversé le Vélib' ? Excusez-moi, mais je viens de me fritter au téléphone avec un monstrueux connard. Ça n'excuse pas la faute du chien, mais ce n'est pas ça qui va me réconcilier avec l'homme. Oui, Martine, je suis au téléphone, foutez-moi la paix ! Comment ça, il porte plainte ? Appelez-moi l'avocat sur l'autre ligne, je le prends dès que j'ai fini avec l'autre. Vous êtes toujours là, monsieur ? Bon, écoutez, c'est moi qui ai diplômé Jules, je me porte garant, il traverse juste une crise affective, vous ne risquez absolument... Quoi encore ? Articulez, Martine, merde, je n'arrête pas de vous le dire... Un témoin – et en quoi ça me concerne qu'il ait un témoin ? Putain, il délire ! *Exprès* – ça veut dire quoi, *exprès* ? Mais qu'est-ce qu'il veut à la fin, qu'on fasse piquer le chien parce qu'il s'est mangé un échafaudage ? Passez-moi l'avocat. Vous m'appelez d'où, monsieur ?

– RTL.

– RTL ? C'est le service des tatouages qui vous a donné le nom d'Alice ? Mais jamais ils mettent à jour leurs fichiers, bordel ! Sautez dans un taxi, 71 *bis*, rue de Bagnolet, on vous défraiera, il faut que j'examine le chien, merci de votre gentillesse. Martine, j'ai fini, passez-moi l'avocat.

*

L'ambiance était plus calme quand on est arrivés rue de Bagnolet. Jules avait dormi presque tout le temps, la tête sur mes chaussures. Je le regardais sous un jour nouveau. Je m'identifiais. Tout le monde le trouvait nul, personne ne voulait de lui. Trop décalé du réel, juste bon à rester fidèle, souffrir de sa naïveté et se rebeller n'importe comment au lieu de s'adapter à l'injustice. Après le choc nerveux qu'il avait subi à Orly, Alice avait dû le restituer à son éducateur comme Gwendoline m'avait rendu à ma mère. Pour en prendre un mieux : plus jeune, plus sérieux, plus fiable.

Le Fédération française des associations de chiens guides occupe un pavillon en meulière rénové dans le style Assistance publique. Martine, le genre gothique à piercings, nous introduit dans le bureau du Dr Haussmann, un colosse débraillé qui a l'air de sortir de garde à vue. Il pose son kebab sur un dossier jonché d'œuf et de salade, se lève pour me serrer la main, grattouille le front de Jules qui lui fait une fête polie.

– Couché. Asseyez-vous.

Nous obéissons de concert.

– Je suis dans une merde noire à cause de vous, attaque-t-il en récupérant un bout de poulet entre ses dents. Il me faut une attestation, comme quoi vous êtes allé de votre propre initiative sonner chez ce vieux parano. Il m'accuse de maltraitance et harcèlement par le biais d'un chien vicieux que je lui aurais attribué *exprès*. Ecrivez : «Je soussigné...» – c'est quoi, vot'nom, déjà ?

Après avoir témoigné sous sa dictée de ma simple «attitude citoyenne face à la découverte d'un chien d'aveugle errant », je lui demande des nouvelles d'Alice Gallien.

– Pas vue depuis le 12, mais elle pétait le feu – à part le chagrin de la séparation. Ça, je m'en mords les doigts.

– De quoi ?

– De lui avoir repris Jules. On a un tel manque de chiens, face à la demande. Un sujet exceptionnel comme lui, je n'allais pas le laisser crever en chômage technique.

Mon air largué lui déclenche un long soupir. Il se pince le nez entre l'index et le pouce, m'explique en trois phrases qu'Alice a recouvré la vue subitement grâce à une greffe de cornée – le pire qui puisse arriver à un chien guide. Rupture du lien psychologique, perte des repères, du statut de dominant soumis aux besoins de son handicapé...

Je l'écoute, sous le choc, partagé entre deux empathies : le bonheur d'Alice et le drame de Jules.

– Je l'ai affecté dans l'urgence au non-voyant le plus différent possible, pour qu'il oublie sa maîtresse dans le processus d'adaptation qui est la base même de son dressage – un franc succès, comme vous avez pu le constater.

Je laisse le silence mettre en place la nouvelle donne dans mon esprit. L'une de mes premières réactions n'a rien de glorieux : maintenant qu'Alice n'est plus aveugle, quelles chances aurais-je de lui plaire ? Contrairement à la description avantageuse que je lui ai donnée à mon stand, je suis aussi dénué de charme que d'exotisme. J'ai un corps de soldat en faction, raide et sec, si peu assorti à ma bouille de maître d'hôtel avenant que les flics, dès que je descends dans le métro, me contrôlent comme djihadiste en puissance.

Je demande au Dr Haussmann s'il a prévenu Alice de ce qui est arrivé à son ex-chien.

– Non.

– Vous avez son portable ?

– Oui.

Il sort de son tiroir un iPhone, le pose sur le sous-main.

– Elle l'a oublié en me laissant Jules. Acte manqué. Elle a besoin de faire un vrai break dans sa vie, c'est normal. Elle m'a appelé de la radio, le jour même, pour me dire qu'elle viendrait le rechercher à son retour de vacances.

– Et... vous savez où elle est partie ?

– Non.

Je prends l'iPhone, le retourne entre mes doigts, effleure l'écran. Il est éteint, sans doute à court de batterie. Je le pose sur la table. Jules se relève en gémissant, vient y coller sa truffe. Des frissons parcourent son échine, sa queue bat la chamade, sa respiration s'accélère. L'odeur de sa maîtresse. Il la sniffe éperdument.

– Comme quoi on a tort de tout ramener au handicap, commente l'éducateur. C'était au-delà du fusionnel, entre eux.

– Qu'est-ce qu'il va devenir ?

– Après ce qu'il a fait, je suis obligé de le radier. Non-évitement d'un obstacle aérien, abandon de son assisté en pleine rue, fugue intentionnelle malgré le port du harnais. Autant de fautes professionnelles rédhibitoires – j'annule son certificat d'aptitude au guidage. Vous pouvez le garder.

– Comment ça, le garder ? Mais c'est complètement exclu, docteur ! Je vis dans seize mètres carrés !

– Ce n'est pas un problème pour lui.

Il griffonne sur un Post-it, le décolle, me le tend.

– Prononcez ce mot. Allez-y, vous verrez.

Tiraillé entre des perspectives inconciliables, je murmure malgré moi :

– Compact.

Aussitôt Jules se recouche, s'enroule, se tasse et se rétracte comme un escargot sans coquille. Avec un demi-sourire, le dresseur me tend un deuxième Post-it. Je lis à voix haute :

– Pas bouger.

Jules se fige, réduit son souffle. En quasi-apnée, il ne tient pas plus de place qu'un pack d'Evian.

– Martine vous sortira la feuille de ses mots clés. Il est capable d'un self-control incroyable, vous verrez. Même au niveau de ses besoins. Il est déjà totalement en phase avec vous : dans quelques jours, vous ne pourrez plus vous passer de lui.

Je le recadre, les yeux dans les yeux : Jules m'a choisi comme simple intermédiaire pour récupérer sa maîtresse, c'est tout. Haussmann me dévisage, les sourcils haussés. Je lui explique notre rencontre à Orly. Mon intervention pour lui éviter la soute à bagages. Nos retrouvailles dévastatrices dans mon stand de macarons. Le docteur se masse la nuque, pensif. Il attrape un bloc d'ordonnances, se remet à griffonner tout en lançant à travers la cloison :

– Martine, vous leur commandez un taxi sur relevé, je les envoie chez Vong. Qu'il les reçoive entre deux : j'ai besoin de son évaluation psychologique pour l'avocat. Il m'enverra sa note.

– Attendez, docteur… Je ne suis pas en mesure de… d'assumer un chien à ce moment de ma vie… Je suis venu vous le rendre, moi, c'est tout. Je ne peux pas faire plus.

– Attention à ce que vous pensez : il ressent tout.

Au fait, il est en train de s'asphyxier, là. Dites :
«Repos!»

— Dites-le vous-même.

— Un ordre ne peut être levé que par celui qui l'a
donné. Je le remets au nom d'Alice, pour les assu-
rances, vous vous arrangerez avec elle à son retour.
Elle sera trop heureuse de vous rembourser les frais.
Et puis je vois bien qu'elle vous a tapé dans l'œil…
Vous lui ferez le plus beau cadeau du monde, mon
vieux. Ne me remerciez pas : on se rend mutuelle-
ment service.

— C'est bon pour M. Vong à 12 h 15 ! lance Martine
de l'autre côté du mur.

— 102, galerie de Valois, me sourit-il, c'est la Fédé
qui paye le taxi. Franchement, vous lui sauvez la vie.
Si les flics le trouvent ici, ils le foutent illico en fourrière pour tentative d'homicide avec préméditation
— oui, c'est le terme employé dans la plainte qu'a
déposée ce colonel à la con. Voilà où en est la civilisation, monsieur !

Complètement dépassé, je regarde le chien tétanisé
sur cinquante centimètres carrés, qui me fixe avec une
infinie patience. Un élan de compassion irrépressible
me fait murmurer :

— Repos.

Il se déplie aussi sec, se dresse, haletant, s'ébroue.

– T'as rien à craindre, mon Jules, tu vois, s'attendrit l'autre. Tu es tombé sur une bonne pâte. Allez, viens me faire un câlin… Oui, mon gros, oui, tout va s'arranger, fais-moi confiance… Mais qu'est-ce que tu as, là ? Attends, attends… fais voir… Tourne-toi.

Haussmann se met à quatre pattes, retire le harnais, chausse ses lunettes pour coller son nez au cul du chien.

– Le salaud ! beugle-t-il. Martine, dites à Philippe de venir !

Il se redresse péniblement en prenant appui sur le bord de son bureau sans cesser d'éructer :

– Des coups de cravache ! A tous les coups c'est des coups de cravache ! Evidemment qu'il a fugué ! Philippe, regarde ! Tu es d'accord ? Prends des clichés, vite ! Martine, appelez *30 millions d'amis*, qu'ils envoient un SOS véto faire le constat chez Vong pendant son rendez-vous, sinon le colonel récusera l'expertise pour conflit d'intérêts. Merci, mon vieux, Jules ne s'est pas trompé en vous choisissant. Ne lui remettez son harnais que pour des actions spécifiques, Martine va vous donner une laisse ordinaire, son book et un sac de croquettes.

J'ouvre la bouche, la referme quand il plonge l'iPhone d'Alice dans ma poche avec un clin d'œil.

– Vous la verrez avant moi. Pour répondre à la

question que vous n'osez pas me poser : non, à ma connaissance, il n'y a pas d'homme dans la place. C'est peut-être l'occasion.

Il me presse l'épaule, comme pour me souhaiter bonne chance, ajoute :

— Et je ne suis pas le seul à le penser. N'est-ce pas, Jules ?

Je me tourne vers la porte. Le labrador est déjà sur le seuil, la tête dans ma direction. Il est encore temps de me défiler, de laisser tous ces gens compétents s'occuper de son cas – mais au nom de quoi ? Quelle autre perspective me reste-t-il ? Haussmann me glisse le harnais sous le bras.

— C'est un chien qui, par nature, par devoir et par besoin, a charge d'âme. Ne le décevez pas.

J'ai signé mon attestation, et je suis reparti avec mon chargé d'âme et son sac de croquettes.

Je suis consternée par les réactions de mon corps. J'ai toujours aimé naviguer, sentir les variations du vent sur ma peau indiquer le moment de virer, choquer ou prendre un ris. C'est la première fois que j'ai le mal de mer. Encore un effet secondaire qu'on ne m'avait pas signalé. Depuis que nous voguons au large des côtes anglaises, je n'apaise la nausée qu'en gardant les yeux fermés la moitié du temps. Un comble. En plus, je m'efforce de le cacher pour ne pas faire honte à Fred ni décevoir les Daphnic. Elles se faisaient une telle joie de fêter mon « retour à la lumière » sur leur nouveau ketch. Alors je m'extasie poliment devant l'acajou, le teck, la voilure gris Trianon, les falaises aux nuances de vert infinies et les couchers de soleil somptueux. Et beurk au fond de la cabine.

Daphné est bien plus belle que je ne l'avais imaginé. Et Nicole beaucoup plus moche. Une longue sirène aux yeux de glace et un thon débonnaire. Encore un couple assorti par les seuls sentiments, bravant la différence d'âge, de physique, de milieu, de culture. Fred adore les fréquenter, parce qu'elles nous ressemblent et gomment du coup notre singularité – je le comprends à présent. Je me suis toujours demandé quel intérêt il y avait, hormis la navigation de plaisance, à subir la prétention friquée de l'une et la connerie béate de l'autre. Là, ça saute aux yeux.

Je suis injuste. En m'embarquant par surprise sur le *Daphnic III* à Honfleur, après m'avoir fait croire sur l'autoroute qu'on avançait juste notre réservation d'hôtel, Fred pensait aussi à moi. Face à toutes les tentations visuelles qui m'agressent désormais – les mecs, en premier lieu –, elle ne voulait pas seulement me réinsérer dans ce qui, à ses yeux, représente la norme. Il lui paraissait urgent de me couper de la terre ferme, de l'horizon habituel où tout pour moi devenait perturbation, remise en cause, nouveauté – c'est-à-dire, pour elle, concurrence. Il y avait, bien sûr, cette façon dont je dévisageais les hommes dans la rue, au restaurant, partout... Ce besoin de me voir dans leur regard, de reprendre le pouvoir sur mon image, de les fixer jusqu'à ce qu'ils baissent les yeux. C'était plus fort que moi : j'en étais aussi gênée que Fred. Délicieusement troublée, aussi. Les peurs, l'inhibition, la soumission forcée aux observateurs invisibles avaient laissé la place à un jeu de séduction dont le seul objectif était d'allumer pour éteindre. Mais ce n'était pas le pire.

J'avais détesté quasiment tout ce que mes yeux m'avaient révélé. Détesté cette méfiance amère dans l'expression de Fred – là où sa peau, ses gestes et sa voix ne suggéraient que lucidité bienveillante, protection, connivence. Détesté les apparences, le décor, les choix de ma vie. Détesté mes vêtements voyants, les tons criards de mon appartement, et surtout la froideur tourmentée de mes tableaux. Toutes ces harmonies illusoires que j'avais composées au toucher, à la chaleur des couleurs. Chaque teinte dégage une intensité thermique particulière, une longueur d'onde que j'avais cru capter, dominer, orchestrer. Résultat : j'avais vécu plus de dix ans dans une erreur de jugement donnant une fausse image de moi. Je pensais transmettre la gaieté combative qui éclairait ma nuit ; je n'avais fait que diffuser de la provocation stérile et des visions du monde désaccordées, heurtées, flippantes. La découverte de mes œuvres m'a cassée. Déracinée. Quand Fred m'a trouvée en train de détruire mes toiles parmi les sacs-poubelles où j'avais fourré ma garde-robe flashy, une croisière surprise lui a paru la meilleure réponse à ce déracinement dont je lui rebattais les oreilles.

Comme si larguer les amarres était une solution... J'étais si bien ancrée dans ma peinture, toutes ces années. J'aimais les odeurs de térébenthine, la pâte sous mes doigts, le grain de la toile, le gras des pastels, les variations de température sur ma palette. J'aimais les mots des gens dans les vernissages que m'organisait Fred. Leurs émotions brouillonnes, contradictoires, sincères ou convenues. J'aimais que ma peinture leur *parle.* Mais ils me disaient ce que je voulais entendre. Ils répétaient à leur manière ce qui était écrit dans le catalogue. Votre énergie positive nous fait du bien. Tu parles. Ces aquariums plombés, ces fantômes intérieurs qui hurlaient derrière des fenêtres sans poignées. Je revendiquais l'influence de Magritte et je leur servais *Le Cri* d'Edvard Munch. Je déteste la colère en souffrance qui est sortie de moi toutes ces années, à mon insu. J'ai annulé l'expo que voulait monter Fred en octobre avec le soutien de RTL, ravi de sponsoriser «la voix qui retrouve la vue».

– Renie ta période noire, Alice, d'accord, ressasse Fred. Mais peins ta nouvelle vision. Tu vas faire un malheur !

Le mien, oui. Comment avouer à la personne qui tente par amour de me faire exister comme artiste que

l'art n'était pour moi qu'un langage de substitution ?
Je n'ai plus besoin de réinventer le monde, maintenant que je peux l'observer directement. Je veux
vivre, c'est tout. Arrêter de compenser, de recréer, de
me faire avoir par les apparences – les pires : celles
que j'ai projetées. Reflets inconscients d'un désespoir
muet que je croyais avoir vaincu dès les premiers mois
de ma cécité, et qui reprend le pouvoir sous mes yeux
maintenant que j'ai les moyens de souffrir.

Mais les couleurs ne sont pas seules en cause. Les
sons aussi m'ont trahie. A la chorale amateur du lycée
Henri-IV où je chante deux fois par semaine, j'ai fait
mes premières fausses notes. Au milieu des voix fami-
lières, j'étais trop dispersée, trop distraite par tous ces
visages si mal accordés à leur tessiture.

Comme les gens ont changé, en douze ans... Et
pas seulement à cause des modes, des liftings et du
Botox, de l'obsession anti-âge qui, toutes généra-
tions confondues, dissimule le reflet des âmes sous
une fausse jeunesse inexpressive. Ils ressemblent aux
autres parce qu'ils ne se ressemblent plus. Uniformi-
sés, formatés, aseptisés par le politiquement correct,
la sinistrose chronique, la dictature du bio, la mauvaise conscience et le nombrilisme actif. Ce « développement personnel » dont les médias leur bourrent
le crâne, et qui n'est qu'un élevage en batterie. Ce

mélange de repli égocentrique et d'infantilisme à usage citoyen dont je ne mesurais les effets qu'à travers leurs paroles. Quant à la gestuelle des textos, elle crée dans les rues, les transports, les bureaux une chorégraphie digitale de clones que je suis la seule à trouver grotesque. La ville est peuplée d'autistes qui parlent tout seuls sans se regarder. Narcisses twitteurs épuisés par le stress qui les propulse, ils sont devenus hybrides comme leurs voitures. Les inconvénients cumulés de l'émission polluante et des batteries qui se déchargent.

Mais ce désenchantement vient de moi, aussi, bien sûr. Le monde était jeune quand il s'est éteint. Il se rallume et nous avons vieilli. Comment changer les couleurs du temps, maintenant que je n'en suis plus exclue ? En me répétant toutes ces années : « Quel courage vous avez », les gens m'en ont tellement donné... Qui va me plaindre, désormais, m'admirer pour la façon dont je « prends les choses » ? Je retrouve la vue et je déprime.

L'enthousiasme autour de moi, l'émerveillement que suscite ma guérison me laissent un sentiment de solitude honteuse que jamais le handicap n'a provoqué. Le devoir de bonheur auquel je m'astreignais, par fierté et instinct de survie, est remplacé désormais par un simple code de décence. *Je n'ai plus le droit d'aller mal.*

Et de fait, je vais très bien. C'est du moins ce que disent les examens. L'ophtalmo de Honfleur, chez qui je me suis fait contrôler avant d'embarquer, n'en revient pas de la vitesse à laquelle les cellules de l'œil colonisent la cornée artificielle. Avec des semaines d'avance sur les prévisions du chirurgien, ma vision est redevenue parfaitement normale. Du coup, je peux réduire les corticoïdes et les antirejet, sur la notice desquels figure la dépression au titre des effets secondaires éventuels – ce qui rassure Fred. Elle préfère se dire que mes états d'âme ne viennent pas de moi. L'aveuglement, désormais, est de son côté.

Il faut dire que je fais tout mon possible pour lui dissimuler ma perte de libido et mes pudeurs nouvelles. Mais j'ai du mal à faire semblant. Même dans le noir, je n'arrive plus à retrouver l'excitation que me donnaient ses caresses. Il y a cette *surimpression* qui désormais dénature sa présence, fausse mes perceptions, désagrège le fantasme. Regard inquisiteur et sourire factice, Fred ne ressemble en rien à ce que je déduisais de mon plaisir. Fred m'échappe. Alors je triche. J'incrimine le mal de mer et la promiscuité. Les décibels inharmonieux qui, en provenance de la cabine voisine, heurtent mon oreille de puriste lorsque Daphné et Nicole branchent le pilote automatique.

Restent les mots d'amour de mon amie, sa belle voix de contralto, le rempart de son humour, le refuge de son parfum. La tendresse intacte. La bulle d'abandon qui précède le sommeil. Et d'autres désirs nouveaux qui prennent le contrôle de mes nuits, me laissant au réveil un sentiment de frustration de moins en moins coupable. Bien sûr, je t'aime toujours. Mais autrement. Avec un « bien sûr », et un « toujours » qui signifie « encore ». La différence d'âge et l'apparence physique ne sont pas seules en cause, Fred. Je n'ai plus besoin d'être protégée, mais de prendre des risques. De mettre en péril tout ce qui me sécurisait.

Je ne sais pas du tout ce que je vais faire de ma vie. J'ai plein de projets, bien sûr, toujours. Dès la rentrée, je proposerai à RTL pour la prochaine grille d'été un concept d'émission intitulé *Un œil neuf*. Je vais reprendre le rafting, le ski de compétition, et m'initier à tous les sports qui m'étaient impossibles, du tennis au parapente en passant par le tir à l'arc. Et même passer mon permis de conduire. Sans parler des merveilleuses démarches administratives qui m'attendent pour faire annuler ma carte d'invalidité. Mais là, dans l'immédiat, la perspective de ces vacances avec Fred me panique. Le retour imminent sur la terre ferme, sans l'excuse du mal de mer ni du manque d'intimité. Et, surtout, la plage de Trouville sans Jules. Ce bonheur fou qu'il attendait toute l'année. Nos baignades interminables, sa chasse au goéland, ses dragues obsessionnelles en dehors des heures de harnais... Le don Juan de la plage, comme le baptisaient les sauveteurs du poste de surveillance. Pourquoi ai-je refusé qu'on annule la résa ?

Mon chien me manque. Terriblement. Lui seul savait anticiper mes détresses, désamorcer mes coups de blues, amplifier mes joies, les faire siennes... Le voilier est magnifique, le paysage m'éblouit dès que la nausée s'apaise, les lumières de la Manche sont une splendeur, mais je m'en fous. Tout ce que j'ai envie de voir, c'est Jules. Et pourtant j'ai coupé les ponts. J'ai fait exprès d'abandonner dans le bureau de Jacques Haussmann mon portable avec tous mes contacts, pour être sûre de ne pouvoir recevoir ni demander de nouvelles. Il faut que je laisse Jules s'investir pleinement dans une autre vie, créer des liens exclusifs avec son nouveau maître, reprendre son rôle en retrouvant son équilibre sans être, comme moi, sous l'emprise du manque. *Oubliez-le, Alice, dans son intérêt.*

Je n'y arrive pas.

Sur la banquette arrière du taxi Volvo, je me repasse la scène chez le Dr Haussmann dans ses moindres détails, bercé par les ronflements de Jules qui s'est endormi dès la rue de Bagnolet, mes chevilles serrées entre ses pattes. Ce que je vis est complètement absurde, pourtant j'ai l'impression de me réveiller dans mon élément après des années d'hibernation. Je représente un espoir pour ce chien. Il attend tout de moi, comme Gwendoline faisait confiance à mon imagination en me demandant l'impossible – seul moyen de me rendre efficace. Association d'idées, intuition, culot... Mes vraies compétences. Quand je suis amoureux, je déplace des montagnes. De la petite fabrique d'engrais en quasi-faillite qu'elle avait héritée de son père, j'ai fait la première entreprise bretonne d'écologie active.

Ayant découvert qu'une roche volcanique appelée

chabasite, une fois pulvérisée, réduisait par épandage la puanteur des porcheries, j'avais emmené Gwendoline en voyage de fiançailles dans une carrière en Italie du Nord, l'été 2002. Je voulais étudier les propriétés de ce minerai en vue d'en extraire un déodorant naturel destiné aux engrais Vert-de-Green qui, soulevant le cœur des golfeurs, perdaient cinq ou six marchés par an. Mais, au cours de mes analyses, j'ai eu l'idée du siècle, que je me suis empressé de faire breveter par l'entreprise avant de la tester à Quimperlé. Mes résultats ont enflammé le Finistère : incorporée à la nourriture des cochons, la chabasite broyée capte l'ammoniaque, supprimant trente-six pour cent d'azote dans leurs déjections. Ainsi dépollué, le lisier cesse de contaminer les cours d'eau et de causer la formation des algues vertes sur les plages. Retombées financières d'autant plus considérables que Terre d'Armor, numéro un du jambon breton, est entré dans notre capital pour faire face au coût de fabrication du complément alimentaire Porcipur – le nom n'était pas de moi.

De fusion-acquisition en cotation boursière, la PME moribonde est devenue un trust où je ne retrouvais plus mes marques. Pour une histoire de rétrocommission à des pouvoirs publics, je me suis opposé au conseil d'administration. Contrainte de choisir entre ses actionnaires et moi, Gwendoline s'est sacrifiée aux intérêts de l'entreprise et m'a éjecté pour épouser le fils Terre d'Armor. Elle m'en a voulu, sur le moment. Socialement, elle aurait préféré s'appeler madame de Frèges que madame Le Clouz, mais, pour son nouveau statut de leader national de la diététique porcine, épouser un végétarien de type arabe lui a paru moins opportun que s'allier avec un jambon blanc. La jalousie de ce dernier à mon égard, sa sensibilité lepénienne et son influence sur Gwendo ont achevé de régler mon compte.

Quand elle m'a rayé de sa vie et de son organigramme, dépossédé de mon invention en m'accusant d'avoir tenté de la vendre à la concurrence – un dossier bidon monté de main de maître par leurs avocats –, j'ai cessé d'avancer, pris par les glaces. Le cœur en hypothermie, les sentiments congelés, je me suis replié sous ma tente. Je ne croyais plus en personne, je ne me battais que pour moi et ça ne menait nulle part, puisque je ne servais à rien.

C'est fou comme je ressemble à ce chien. Diffamé, désaffecté, abandonné, indésirable. Et pourtant prêt à repartir comme avant, à décrocher la lune dès qu'on m'en croit capable. Il l'a senti. Il a eu raison de me choisir.

Rue d'Amsterdam, mon téléphone me fait redescendre sur terre. C'est Coumba, qui s'excuse sur un ton de reproche : je n'ai pas suffisamment serré le collier de son tuyau de vidange, mardi dernier. Son lave-linge vient encore de m'inonder, et elle s'inquiète pour son eau de rinçage qui risque à nouveau de goutter chez ma logeuse, à cause de mon parquet poreux.

J'ai failli demander au chauffeur de changer de destination. Mais Jules a besoin de son «évaluation psychologique», comme dit le Dr Haussmann. Sans oublier le constat de maltraitance qui, face à l'accusation d'atteinte à la vie de son maître, lui évitera la fourrière et l'euthanasie – tout en m'épargnant une éventuelle inculpation pour recel de chien dangereux. Je réponds à Coumba que j'arriverai dès que possible. Comme elle a le double de ma clé, je lui demande juste d'aller bâcher la smala d'Abd el-Kader avec mon rideau à douche, comme les autres fois, de tranquilliser Mme Berton et de commencer à éponger.

– C'est toute ma vie, soupire-t-elle avec une abnégation gaillarde.

Le taxi longeait la gare Saint-Lazare quand Jules s'est brusquement réveillé, a bondi contre ma portière en aboyant.

– Il veut faire ses besoins ? s'est alarmé le chauffeur.

Je l'ai rassuré : ce n'était pas le code mentionné sur sa notice. J'ai pris une poignée de croquettes dans

le sac Pedigree PAL, la lui ai tendue. Il a continué
d'aboyer de plus belle en me grattant la jambe. Fusillé
par le regard dans le rétro, j'ai sorti de ma poche la
liste de formules magiques que m'avait donnée Martine.

— Calme !

Il s'est tu aussitôt, se contentant d'attaquer la vitre
à coups de langue comme pour la faire fondre.

— Hé, ho, doucement ! a protesté le taxi en stop-
pant au feu orange.

— Reste !

Jules s'est arrêté de lécher immédiatement, a tourné
vers moi un regard implorant.

— Si ça pouvait se dresser comme ça, les filles,
a commenté le chauffeur d'un air désabusé. J'en ai
quatre.

Je lui ai demandé de nous attendre un instant. Le
cœur battant d'un espoir démesuré, j'ai attrapé la
laisse et ouvert la portière. Jules a jailli comme une
flèche, traversé le parvis en bousculant sacs à dos,
marmailles et vendeurs de fausses Rolex. Déséquili-
bré, slalomant au bout de sa laisse comme un skieur
nautique, je me laissais conduire par son flair, sa détermination. Se pouvait-il qu'Alice soit déjà de retour
— ou sur le point de partir ? Qu'un hasard incroyable,
une synchronicité digne des théories jungiennes, nous

ait fait passer devant cette gare pile à l'heure de son train ?

Jules m'avait entraîné dans l'escalator. A présent, il fonçait droit devant lui en diagonale, sans aucune hésitation. Il a stoppé net devant la voie 26. Le panneau d'affichage n'annonçait rien. Au bout d'un instant, truffe au ras du sol, il s'est mis à arpenter en tout sens le quai vide, suivant une piste hypothétique de flaque en flaque, de poteau en poteau. Puis brusquement, une patte repliée au-dessus du sol, il a fixé les rails où circulaient des rats. Il s'est assis pour attendre, langue sortie, détendu. Avec un bref coup d'œil vers moi, où j'ai cru déceler une invitation à faire de même.

Un agent de maintenance est venu me dire que l'accès au quai n'était autorisé qu'une fois le numéro affiché sur le tableau central. Je lui ai demandé quel était le prochain train prévu sur cette voie.

– La 26, en général, c'est direction Deauville. Le prochain arrive dans vingt-cinq minutes et repart à 13 h 17.

Deauville... Etait-ce leur lieu de vacances ? L'endroit où elle l'emmenait d'habitude ? J'ai cherché une réponse dans les yeux du chien. Je n'y ai trouvé qu'une sérénité au bord de l'endormissement. Après quelques instants, je lui ai rappelé qu'il avait rendez-vous chez un spécialiste du comportement, et qu'ensuite je devais aller m'occuper de mon dégât des eaux à Montparnasse.

Il a quitté à regret la voie des vacances, traîné les pattes jusqu'au taxi. En refermant ma portière, je m'en suis voulu un bref instant de ne pas être le genre d'homme qui n'écoute que son cœur et saute dans le premier train.

Le seul remède que j'aie trouvé contre le mal de mer, c'est de me concentrer sur un point fixe. Terrée au fond de ma cabine, je forme des lettres sur du papier jaune. Moins fatigant que le blanc. Après douze ans de clavier en braille et de saisie vocale, mes yeux réapprennent l'écriture, mes doigts se réhabituent au stylo. Et ma tristesse s'apprivoise, à mesure que mes phrases donnent le change à un correspondant.

Cher Monsieur Macaron,

Je ne sais si la maison Ladurée vous transmettra ce courrier, ni même si je l'enverrai, mais ce sont les premiers mots que j'écris à la main depuis mes dix-sept ans, et je voulais qu'ils soient pour vous. Parce que je vous dois le dernier moment de bonheur partagé avec

mon chien, avant que la chirurgie me rende la vue et que Jules reprenne du service auprès d'un autre aveugle.
   Je ne vous ai pas assez remercié pour la manière dont vous avez pris sa défense à Orly. Au retour des vacances, je viendrai vous offrir un café.
   Bien à vous.

Alice Gallien

   P-S *: Je me permets de vous rappeler votre promesse de faire pression pour que le « parfum du moment » nous revienne. Ayant pu apprécier votre autorité naturelle, je ne doute pas de pouvoir déguster bientôt* de visu *ces fraises Tagada dont j'aimerais vraiment retrouver la saveur.*

Je relis ma Lettre à Macaron, perplexe, et je renonce à la recopier pour la quatrième fois. Je me sens si peu lisible et si déchiffrable en même temps, trahie par cette écriture qui ne me ressemble plus. Autant reprendre mon journal intime, pour tenter de combler ces douze ans de black-out, cette interruption qui n'est plus qu'un gigantesque entracte.
   Voilà que, feuille après feuille, je m'autorise à revisiter le passé, à le remettre en forme, moi qui ne vivais qu'à l'indicatif présent et au futur simple. Je revois ma vie d'avant le noir, je renoue le fil, je mesure le

changement. J'essaie de fixer les émotions. D'exprimer l'essentiel. Ma mère et mon chien.

Etais-je heureuse avant l' «accident», comme la psy me conseillait de dire à la place de «viol»? Je me laissais porter. Remonte-pente et rafting. Le monde de mon père : les pistes noires en hiver, les torrents en été. Nos deux passions, nos deux talents. Ma vie tracée dans son sillage : compétitions, enseignement. Il n'a pas supporté de me perdre. Moi sa dauphine, son espoir de médaille olympique. Il lui restait mes frères, mais ils étaient tellement moins bons. Je me suis remise de mon drame, pas lui. Il me répétait en sanglotant : «Qu'est-ce que je peux t'apporter, en dehors de l'entraînement?»

Maman a pris le relais. Elle m'a fait passer le bac, elle a appris en même temps que moi le braille, la musique, le chant, la peinture – tout ce qui pouvait redonner du goût à la vie. Assaisonner l'invisible. Elle a maintenu autour de moi une agitation incessante, une chaîne de solidarité sans apitoiement, une pression joyeuse. Elle a pris des amants pour me réconcilier avec les garçons. Elle a retrouvé ses dix-huit ans sous couvert de réparer les miens. Et c'était bien. Mais surtout, elle a fait des pieds et des mains pour m'obtenir un chien.

Face à la liste d'attente désespérante, elle nous a

inscrites comme famille d'accueil. On hébergeait des chiots sélectionnés par l'école d'Eze-Village, on les élevait dans une ambiance normale parallèlement à leur apprentissage de guides. Au bout d'un an, ils nous quittaient pour intégrer l'école à plein temps, ne repassant que le week-end pour la détente et le jeu, jusqu'au jour où, leur diplôme obtenu, ils étaient offerts à d'autres aveugles que moi. Et puis, un jour, l'un d'eux nous est revenu. Il m'était attribué. C'était Jules.

Dire que ma vie a basculé quand l'éducateur a formé notre binôme est un euphémisme. Jusqu'alors, j'évitais de m'attacher trop fort à ces chiots en transit, pour moins souffrir de leur départ. Le petit Jules l'avait senti, et il n'a donné libre cours à son amour d'enfance que lorsque l'école m'a confiée à lui pour de bon. Avec une rapidité stupéfiante, il m'a réappris la rue, le bus, le train, la piscine, la mer, la luge… Mais plus encore, il m'a entraînée à lire les images qu'il m'envoyait. La forme d'un obstacle. L'emplacement d'un escalier. La beauté intérieure ou la fausseté des gens que nous croisions. Il me transmettait mentalement son point de vue, son interprétation, en fonction de ce qui était bon pour moi. Quand je ne savais que penser, comment réagir, quelle décision prendre, il me soufflait. A l'oreille, par un changement de

respiration, un son codé, ou bien par une information tactile, ou même parfois un message télépathique
qui composait une scène, un paysage, un physique.
C'était mon souffleur d'images. C'est grâce à lui et
pour lui que j'ai voulu devenir une vraie peintre. Pour
ces moments où il m'apportait ma palette entre ses
dents, avant de pousser vers moi des tubes de couleurs pour me proposer des choix.

Me sachant en « de bonnes pattes », maman a pu
s'en remettre à lui. Lâcher prise. S'occuper de sa maladie de Charcot, cette atrophie progressive du système
musculaire qu'elle avait cachée à tout le monde. Mais
c'était trop tard. Alors, nous avons inversé les rôles.
Je l'ai aidée à accepter l'inéluctable, à surmonter la
perte de l'autonomie qu'elle m'avait si bien rendue, à
descendre avec douceur la pente qu'elle m'avait fait
remonter.

Jules m'a réveillée dix minutes avant que le téléphone sonne pour m'annoncer sa mort. Quand on
a dispersé ses cendres dans la baie des Anges, il a
plongé à leur suite. Mon père et mes frères l'ont aidé
à remonter dans la barque. Il a craché l'eau sur mes
pieds. Comme s'il me rapportait ma mère.

Les larmes diluent les mots sur le papier jaune.
J'enfouis la tête au creux du coude. Est-il heureux,
mon Jules, dans sa nouvelle vie, avec sa nouvelle âme

à charge? M'en veut-il, me regrette-t-il, m'a-t-il déjà oubliée? Ce serait le mieux pour lui, bien sûr. Tous les torts sont de mon côté, il n'a pas de raisons de s'en vouloir. C'est moi qui l'ai abandonné, et il sait que je ne suis pas toute seule. Je lui dois les deux amours de ma vie. Richard, son éducateur, ce garçon qui m'a tant donné et à qui mon corps a tant menti. Me réapprendre le plaisir, c'était son objectif, son obsession. Il a mis des mois avant d'oser me toucher. Et des semaines à se convaincre – à tort – que je ne jouissais pas seulement par politesse. Alors, mission accomplie, il s'est consacré à d'autres nécessiteuses.

C'est là que Fred Bellanger est arrivée dans ma vie, un jour d'opération portes ouvertes à l'école d'Eze. Elle s'occupait à l'époque des relations publiques de la Fondation Swiss Life, qui finançait avec le Lions Club la formation de dix chiens par an. Jules et moi faisions une démonstration de franchissement d'obstacles au fort de la Revère, sur la piste d'entraînement riche en tuyaux, échafaudages, passages piétons à feux capricieux, poubelles sur trottoir, différences de niveau et trous du jour creusés au marteau piqueur – le parcours changeait tout le temps, pour éviter que les chiens ne s'y habituent et remplacent la vigilance ou l'analyse par le simple automatisme. Des motos surgissaient pour nous couper la route, des

déménageurs, des pickpockets... Comme l'année pré-
cédente, notre binôme avait gagné le Prix du public.
En me remettant mon trophée, Fred m'a serrée d'un
peu trop près au goût de Jules, tout en lui marchant
sur la queue. Et, quand elle lui a épinglé sa médaille,
elle l'a piqué à travers le harnais. Son bond de côté a
fait tomber du podium la remettante qui s'est cassé
trois côtes.

On est allés prendre de ses nouvelles à son hôtel
de Cap-d'Ail. Quinze jours plus tard, on la suivait
à Paris. Le tourbillon, les fêtes, le rire, le bonheur
à cent à l'heure aux côtés d'une amante incroyable,
une délicieuse allumée qui connaissait la terre entière,
se faisait prêter un jet privé sur un simple coup de
fil pour nous emmener piquer une tête en Corse, et
me décrochait en cadeau de Saint-Valentin la galerie
Médicis, place des Vosges, pour ma première expo.
Jules avait fini par s'habituer à elle. Mais les incidents
de frontière et de prérogatives étaient monnaie cou-
rante entre mes deux protecteurs. Fred renouvelait
fréquemment, sans m'en parler, ses escarpins Lou-
boutin sur lesquels Jules concentrait les représailles.

Je défendais mon territoire, moi aussi, à ma façon.
J'étais allée vendre ma voix toute seule à RTL, sans
passer par Fred, qui m'aurait décroché un contrat
mirifique en échange d'un deal publicitaire avec l'une

des marques de luxe dont elle assurait l'événementiel.
J'étais très fière de mon SMIC. Fière de pouvoir aimer
gratuitement celle qui, par orgueil et peur d'être reje-
tée, ne s'était jamais fiée avant moi qu'aux valeurs qui
s'achètent.

– Ça va, en bas ?

Je cache les feuilles sous un *Nouvel Obs* en répon-
dant oui sur un ton rassurant. Pas envie qu'elle lise
les mots tendres que je viens d'écrire sur nous en
mémoire de mon chien. Je ne veux pas qu'elle s'il-
lusionne. Je ne suis pas en train de réveiller ce que
j'éprouve pour elle, mais de me regarder en face.
Mieux que dans une glace. Et celle que je découvre se
sent piégée par la reconnaissance, l'amitié amoureuse,
les remords préventifs.

Fred descend dans la cabine, m'embrasse sous
l'oreille.

– Tu viens, Chou ? Elles vont croire que tu leur fais
la gueule.

C'est quoi, cette nouvelle manie de m'appeler
Chou ? Comme si «mon ange» ne cadrait plus avec le
regard que je pose sur elle.

– Allez, viens. Le soleil est sorti, montre-toi un peu,
quand même ! Ça serait sympa qu'on fasse un jeu avec
elles, pour une fois. Daphné t'a préparé un manhat-
tan.

Je réponds que je ne peux plus les voir.

– Ça m'englobe ?

– Bien sûr que non.

– J'aimerais en être sûre, Alice.

Elle sort en claquant la porte de la cabine. Au bout d'une minute, je range mes feuilles dans mon sac et je monte sur le pont. Je leur dois bien ça. Avec mon humeur de dogue qui empire au gré des milles nautiques, je comprends tout à fait que, pour elles, le seul avantage de ma guérison est qu'on peut désormais jouer à la belote à quatre.

Le cabinet d'Eric Vong était situé dans l'un des vieux immeubles au cordeau encadrant le jardin du Palais-Royal. Le chauffeur nous a laissés rue de Montpensier, et on a traversé le square jusqu'à la galerie de Valois. Sous les arcades, au 102, j'ai cherché une plaque, un nom sur l'interphone. J'ai fini par presser la touche 4e étage, qui jouxtait le dessin d'une salamandre.

Le battant s'est entrebâillé dans un claquement. Jules a poussé la porte avec le front, me l'a tenue par un réflexe professionnel qui avait des allures de galanterie. Puis il m'a précédé dans la pénombre fraîche du hall, s'est mis debout contre la grille ouvragée de la cage d'ascenseur pour appuyer sur le bouton. Mais c'était un système aux nouvelles normes tactiles et ses griffes dérapaient sur le pourtour. J'ai appelé la cabine à sa place. Il s'est remis à quatre pattes et m'a

tourné le dos. Apparemment vexé. Quand j'ai ouvert
la porte, il est monté par l'escalier.

*

Talons aiguilles, blouse blanche échancrée, maquil-
lage de plomb, la secrétaire ressemblait à une infirmière de film porno. Elle a dit bonjour au labrador
avant de répondre à mon salut.

– Le Dr Haussmann m'a expliqué l'urgence.
Maître Vong vous recevra entre Yassim et Chocolat.

C'était dit sur un tel ton de faveur que j'ai remercié
chaleureusement. Elle nous a introduits dans la salle
d'attente, un boudoir de cocotte 1900 où des vitrines
exposaient les livres du maître en français, anglais,
russe et chinois, avec les prix correspondants. *Les animaux nous parlent, Comprendre son chat, L'Univers
mental de votre chien, Dialogue avec l'oiseau.*

J'ai pris place sur le seul siège inoccupé, un pouf de
velours écarlate à grosses franges, entre le perroquet
en laisse sur l'épaule d'un vieil élégant et le chihuahua tremblant qui se cramponnait au genou droit
d'une femme en burqa. Le labrador, enroulé à mes
pieds, s'est mis à gratter nerveusement le tapis de soie
constellé de taches d'urine.

– Stress post-natal, lui aussi ? s'est enquis mon

110

voisin, dont la veste chamarrée était assortie au plumage de son compagnon.

J'ai répondu, pour gagner du temps, que Jules avait perdu un être cher. Sans se soucier de ma réponse, le petit vieux cambré comme un matador m'a expliqué les difficultés de communication qu'il rencontrait avec son perroquet.

– Dis bonjour, Chocolat.

Sans le moindre son, l'oiseau a monté une patte pour se gratter le bec.

– Vous voyez. Monsieur fait la tête. Il est devenu complètement asocial. J'ai beau lui mettre les chanteurs qu'il aime, il n'imite plus que les bruits de porte.

J'ai compati en silence, moi aussi. Mon regard allait du hamster d'en face, dents serrées sur le doigt d'une jeune femme en larmes, au lévrier en alerte sous la chaise d'un acteur connu dont je ne trouvais plus le nom, en passant par le siamois à collier de perles qui tentait de griffer le tailleur de sa maîtresse à travers les barreaux de sa cage Vuitton. J'avais l'impression que la dizaine d'humains flanqués de leur animal en crise venaient suivre une thérapie de couple.

– C'est la première fois que vous consultez Vong? m'a lancé l'homme au perroquet sur un ton de méfiance.

J'ai hoché la tête d'un air contrit.

– C'est le meilleur comportementaliste d'Europe. Je viens de Lausanne une fois par semaine, en ce moment, mais c'est lui qui s'est déplacé le mois dernier pour négocier avec mon cheval. Enguerrand du Marais, deux fois vainqueur de l'Arc de Triomphe. Il refusait de se laisser monter. Un simple malentendu, en définitive. On ne fait jamais assez attention à nos pensées.

– Yassim ! a modulé la secrétaire en passant la hanche dans l'embrasure de la porte.

Un doigt ganté est monté se poser sous la fente grillagée assurant à la burqa ventilation et visibilité : le chihuahua s'était endormi. La secrétaire a souri avec compréhension et s'est tournée vers moi.

– Jules.

J'ai emboîté le pas au labrador qui, la queue basse, suivait la jeune femme qui nous a reconduits jusqu'au vestibule. Main sur la porte palière, elle a dit :

– Allez jouer dans le jardin.

Elle me tendait une balle. Comme je ne réagissais pas, elle l'a donnée au chien qui l'a prise délicatement entre ses dents.

– Placez-vous devant la terrasse du restaurant, m'a-t-elle précisé. La phase d'observation est capitale pour un premier rendez-vous. Cinq minutes suffiront.

J'ai suivi Jules qui dévalait l'escalier. Dans la

poussière sableuse du jardin, je lui ai retiré sa laisse. Il a posé la balle rouge entre mes pieds, a reculé lentement en guettant mes mouvements. Je l'ai ramassée, l'ai lancée façon boule de pétanque. Il a couru, bondi pour la saisir au vol. Puis, avec d'infinies précautions, il l'a reposée à terre comme pour désamorcer une bombe. Au-dessus de nous, au dernier étage, un reflet scintillait au coin d'une fenêtre ouverte. Sans doute le comportementaliste qui nous observait aux jumelles.

Je me suis dirigé vers Jules pour ramasser la balle. Il a soudain fait volte-face et, d'une détente de la patte arrière droite, l'a renvoyée dans ma direction. Je l'ai regardée tomber à trois mètres de moi. Il s'est mis à aboyer en me tournant autour. Il avait l'air de m'engueuler. J'ai relancé la balle. Il l'a regardée passer, puis m'a dévisagé, tête inclinée, en gémissant. Ensuite, il s'est couché sur le dos, les pattes repliées. Je me suis accroupi devant lui et je lui ai caressé le ventre. Je ne sais pas si l'on dit «ronronner» pour un chien, mais ça faisait le même bruit.

Il a brusquement sauté sur ses pattes et m'a renversé à mon tour. Plaqué au sol, chatouillé par son museau qui fouillait ma chemise, je me suis débattu en essayant d'atteindre son mode d'emploi dans ma poche. Il m'a lâché aussitôt, est parti gambader dans les massifs, renifler le pied des bancs, se gratter contre un arbre, lever la patte sur le socle du petit canon qui, sa mèche allumée par une loupe que touchait le soleil à midi pile, servait jadis à régler les pendules parisiennes en tonnant de mai à octobre – jusqu'à l'instauration du plan Vigipirate.

J'ai regardé l'heure. Les cinq minutes devaient être écoulées. J'ai sifflé trois fois, comme indiqué sur ma notice technique. Jules est arrivé à fond de train, a profité de la porte ouverte par une petite fille et sa mère qui s'en allaient en trimbalant une tortue dans une essoreuse à salade. Boudant toujours l'ascenseur, il s'est rué dans l'escalier sans plus s'occuper de moi. Quand je l'ai rejoint sur le palier, il s'essuyait les pattes sur le paillasson, tandis qu'un motard lui examinait l'arrière-train, casque posé contre le mur. Ça devait être le SOS vétérinaire envoyé par *30 millions d'amis*.

– Haussmann a bien fait de nous alerter, a-t-il dit en se relevant. Je tape le constat et on porte plainte. Bonne journée.

Il a appelé l'ascenseur en dictant ses conclusions sur son téléphone. La secrétaire a ouvert au troisième coup de sonnette et nous a conduits directement dans le cabinet de consultation.

– Intéressants, vos rapports, a murmuré Eric Vong en guise de bonjour, les mains dans le dos.

C'était un ascète asiatique sans âge, voûté dans un long pull hors saison en cachemire violet.

– Nous nous rencontrons pour la première fois, Jules, a-t-il prononcé sur un ton de douceur concentrée, tout en s'asseyant en tailleur devant lui, la tête à sa hauteur. Sois le bienvenu dans ce havre de paix et d'harmonie.

Le havre en question était une pièce à volets clos, tatamis, jardin zen et lanternes en papier, nimbée d'une musique pour salon de massage. Une fontaine surmontée d'un ange à tête de serpent glougloutait à la lueur d'une bougie parfumée.

Le thérapeute fixait dans les yeux le labrador qui soutenait son regard. Ils semblaient échanger des informations. La respiration haletante de Jules se calmait peu à peu, comme pour se mettre au diapason du souffle régulier qui creusait la poitrine de son vis-à-vis. Soudain Vong a éclaté de rire. J'ai demandé pourquoi. Sans se retourner, il a claqué des doigts pour me faire taire en indiquant le sol. Je me suis assis à leur niveau, contre le mur, et j'ai attendu la fin de leur tête-à-tête.

– Les images mentales qu'il m'a montrées confirment ce que j'ai vu par la fenêtre, m'a-t-il déclaré en se relevant avec une souplesse étonnante. Il vous traite comme un chien.

J'ai protesté vivement, me rappelant que nous étions venus pour qu'il délivre à Jules un certificat de non-violence.

– Vous vous méprenez, m'a-t-il répliqué avec une fermeté courtoise. C'est laudatif, ce que je viens de vous dire. Il ne vous considère pas comme un humain normal, mais comme un égal. Un collègue. C'est rarissime, chez un guide d'aveugle. D'après ce qu'il m'a fait voir, vous les avez sauvés, lui et sa maîtresse.

Je suis resté sans voix. Et puis je me suis dit que le Dr Haussmann lui avait simplement relaté notre rencontre à Orly. Mais il a ajouté :

– Pourquoi vous ne voulez pas prendre le train ?

J'ai recroquevillé mes orteils pour ralentir mes battements de cœur. Le plus neutre possible, j'ai décrit l'attitude de Jules à la gare Saint-Lazare. Il a stoppé de la main l'explication.

– Suivez-le sans vous poser de questions. Il ne s'en pose pas, lui ; il connaît la réponse. Si j'avais dû consigner tous les cas où des animaux ont retrouvé leur maître à des centaines de kilomètres – parfois même dans des endroits qu'ils ne connaissaient pas –, mon œuvre ne tiendrait plus dans ma bibliothèque. Que représente cette plage où il court entre une jeune femme et vous ? C'est un souvenir ou un objectif ?

Au lieu de lui répondre, c'est moi qui me suis mis à le questionner :

— Vous lisez dans ses pensées ?

— Non, c'est lui qui m'informe. Un seul grand principe : c'est notre désir de communiquer qui crée la liaison mentale. Les animaux n'attendent que ça, et le captent aussitôt. Leur grand problème, voyez-vous, c'est leur difficulté à se faire entendre. Ils assimilent notre incompréhension à de l'hostilité, à une punition. C'est l'origine de soixante-dix pour cent des conflits que je résous. Les trente autres : le stress de leur maître qu'ils absorbent et qui les dénature. Dans les deux cas, nous aboutissons à l'agressivité ou au dépérissement. Jules conjugue les deux, navré de vous le dire. Bien sûr, j'enverrai à Haussmann un certificat de complaisance. On ne va pas le piquer parce qu'il s'est fait battre. Mais si vous l'abandonnez vous aussi, ce chien deviendra dangereux.

J'ai senti une sueur glacée dans mon col. Il a repris de plus belle :

— Pour lui, le monde ne tourne plus rond, sauf vous. Il vous a pris à la fois comme référent et comme élève.

J'ai fait remonter de la salive pour demander :

— Qu'est-ce qui vous fait dire ça ?

— Ce que j'ai vu par la fenêtre. Il vous a lancé la

balle. C'est plus qu'un hommage : c'est une marque d'allégeance mutuelle. Un acte de dominant à dominant. Mais vous ne savez pas jouer. Alors il a renoncé au jeu. Il ne sait comment vous éduquer, ça le perturbe. Mais il veut vous conduire jusqu'à sa maîtresse. Car il sent que, désormais, c'est vous qui êtes l'assistant dont elle a besoin. Et son obsession, c'est de vous réunir.

J'ai dissimulé mon émotion sous l'ironie sceptique :

– Vous êtes sûr que vous ne faites pas un peu d'anthropomorphisme ?

Il a relevé le menton avec une suprématie dévouée.

– Si tel était le cas, les humains ne dépenseraient pas chez moi quatre cents euros par consultation. Non, monsieur, je ne fais ni anthropo ni cynomorphisme. Je me contente d'écouter les vibrations animales, je les convertis en langage intelligible pour le cerveau limité de mes congénères et, surtout, en réponse, je transmets leurs excuses.

– Leurs excuses ?

– L'animal est profondément sensible au mensonge, à l'injustice, à la trahison. La plupart des cancers qu'il développe sont issus d'une faute d'inattention de son maître. Et l'agressivité dont il fait montre est l'ultime recours pour en informer le coupable, quand tous les autres modes de langage ont échoué. La maîtresse de Jules, par exemple – quel est son nom ?

– Il ne vous l'a pas dit ?

– Je n'ai pas le temps de plaisanter, vous avez vu ma salle d'attente. J'ai accepté de vous glisser entre deux : allez à l'essentiel.

– Alice.

– Alice l'a trahi en devenant autonome. En ne voulant plus de son regard, alors qu'il est conditionné pour voir à sa place. C'est ce qu'il m'a montré. Mais vous, en la sortant d'une situation contre laquelle il n'était pas apte à la défendre – dans un aéroport, c'est cela, au moment de l'embarquement ?

– Oui.

– … vous avez effacé l'injustice et la jalousie qu'il aurait éprouvée à cause de vous si vous aviez marché sur son territoire. Là, il n'a plus de territoire. Donc, il vous donne Alice. Pour reprendre le pouvoir à travers vous. Comme il vous a lancé la balle, tout à l'heure. Mais si vous ne savez pas l'attraper, vous lui mentez. Vous trahissez l'espoir qu'il met en vous. L'espoir de récupérer sa maîtresse grâce au cadeau qu'il lui fait.

J'ai dégluti pour demander d'une voix presque neutre :

– Il veut qu'on forme tous les trois une sorte de… de cellule familiale ?

– C'est vous qui faites de l'anthropomorphisme. Il lui offre un nouveau chien, c'est tout. Pour continuer d'exister par votre intermédiaire.

Il a joint les mains devant son nez avec un profond soupir.

– J'ai le même problème d'abandonnite avec Chocolat, le perroquet que vous faites attendre. Depuis que sa femelle a pondu, elle ne le voit plus, et leur maître est tellement fier de cette naissance chez lui qu'il en néglige Chocolat, qui du coup lui bat froid. D'autant plus que – sans trahir le secret professionnel – c'est un ancien jockey qui en veut à son cheval depuis qu'il n'est plus en âge de le monter, alors il a opéré un transfert sur son perroquet. Tout ce qui compte pour lui, c'est de le faire entrer dans le *Guinness des records*. Chocolat est très doué : il a appris trois mille mots pour lui faire plaisir, mais, depuis qu'il n'est plus le centre du monde, il fait la grève des phrases.

– Et donc, pour en revenir à moi ?

Il a marqué un temps d'arrêt, comme s'il s'extrayait avec peine de la logique animale pour redescendre au niveau de l'incohérence humaine. Il a marmonné en détournant le regard :

– *Le chien qui voyait pour elle.*

Il est allé s'asseoir à son bureau, a dévissé un gros stylo Montblanc, sorti une feuille de papier à en-tête.

– Un labrador désaffecté qui forme un homme pour récupérer son ancienne aveugle. C'est un excellent point de départ, un vrai cas inédit. Je vais essayer de le traiter.

J'ai cru qu'il remplissait une ordonnance – en fait, il prenait des notes pour son prochain livre. Il ne m'avait pas fourni de solution au problème de Jules, mais il avait trouvé un sujet.

– Suivez son instinct, répondez à son attente, et il n'attaquera plus personne, a-t-il conclu au bout de trois minutes en revissant son Montblanc. Et n'oubliez jamais qu'un labrador, avant toute chose, est un chasseur. Un *retriever*. Il vous rapporte à sa maîtresse. Soyez à la hauteur, et tenez-moi au courant.

Je suis reparti sans savoir si c'était un charlatan subtil, un médium de génie ou un simple opportuniste en quête d'inspiration. Mais il nous avait créé un point commun supplémentaire : voilà que Jules allait se retrouver dans la peau d'un personnage de livre. Le fruit du fantasme et de l'imagination d'un tiers. Le roman que j'avais inspiré à ma mère s'était vendu à soixante mille exemplaires – ma plus grande réussite sur terre. Avec la notoriété de son auteur, le chien me dépasserait sans peine.

Nous sommes remontés dans le taxi en attente. Le chauffeur a refermé son sudoku en me demandant la destination suivante. Son compteur affichait quatre-vingt-quatre euros et j'ai vérifié, avant de lui répondre, que la course serait bien facturée à la Fédération.

*

Rue des Thermopyles, je m'attendais au pire, et je ne fus pas déçu.

– Tu as bien fait d'acheter un labrador, s'est marrée Coumba. Ils adorent l'eau.

Et, de fait, Jules nous a aidés, avec une joie éclaboussante, à éponger le parquet en se roulant dans les flaques. Tout allait bien jusqu'à l'arrivée de Mme Berton. Avec ses trois bigoudis bleus couleur de son peignoir en pilou, ma logeuse avait eu la mauvaise idée de monter aux nouvelles en tenant son chat dans les bras, pour le soustraire aux gouttes qui tombaient du plafond. Dès qu'il a vu le chien, le matou a sauté vers lui en sifflant, tout gonflé, poil hirsute.

Jules a pris peur. Il a bondi de côté vers la table basse où, dérapant sur la bâche de protection, il a renversé les cavaliers, pulvérisé les douars en toile, les dunes en papier de verre, les mini-palmiers en plastique. A sa manière, il réitérait la prise de la smala d'Abd el-Kader par les troupes du duc d'Aumale. En trois secondes, la précieuse maquette gisait dans l'eau, ravagée par les belligérants que nous tentions de séparer, Coumba et moi, en achevant malgré nous de saccager tout ce qui restait de M. Berton. La trêve obtenue, nous avons découvert sa veuve inanimée sur le champ de bataille.

Samu, transfert aux urgences, irruption du propriétaire découvrant la sous-location illicite dont je profitais, refus de prendre en compte les sommes versées en espèces, sommation de libérer les lieux séance tenante sous peine d'expulsion *manu militari* assortie d'une plainte pour squat et dégradation de biens. Les menaces de malédiction jusqu'à la cinquième génération que lui martelait Coumba en réponse n'ont eu d'autre effet qu'un appel à police secours.

J'aurais pu négocier, gagner un jour ou deux. Une nuit, au minimum. A quoi bon ? Je ne suis pas un homme de préavis. Quand Gwendoline m'a licencié, j'ai quitté mon bureau dans les cinq minutes, n'emportant que mon ordinateur. Et puis la brutalité de cette journée dégageait une certaine cohérence. Perdre en quelques heures le salaire mensuel et le logement qui le rendait nécessaire obéissait à une forme de logique. Un autre destin me réclamait, ailleurs, tout de suite.

A quoi bon me faire attendre ?

*

Tassé en version compacte dans un coin de la pièce pour se faire oublier, Jules me regardait remplir le sac à dos de cent litres avec lequel j'étais arrivé ici quatre ans plus tôt. Un blouson, une veste, deux jeans, six polos, des baskets de rechange, l'électro-encéphalographe pour yaourts, mon MacBook, six livres introuvables emplis d'annotations et le reste de ma bibliothèque sur iPad : je quittais cette longue et paisible escale aussi léger que j'y étais entré. Cela me procurait une sensation de fierté, de griserie, de confiance. Le respect de ma nature. Le retour aux sources. Réelles ou issues de l'imagination maternelle qui me tenait lieu de mémoire, mes origines bédouines reprenaient le contrôle de ma vie. Je n'avais plus qu'à racheter une tente et la planter à l'endroit de mon choix. Même si ledit choix m'était dicté par un chien.

J'ai glissé son harnais et son sac de croquettes dans mon barda, j'ai bouclé les sangles avec un sentiment d'irrémédiable, et j'ai dit adieu à mes plantes aquatiques tassées dans des bassines au milieu de l'attirail sadomaso de Coumba.

– Quand tu ne sais pas où dormir, m'a-t-elle dit, tu

viens leur tenir compagnie. Tu seras toujours le bienvenu, songes-y. Même si...

Je l'ai rassurée d'un sourire en complétant sa phrase
in petto : même si les hommes, pour elle, sont réservés
aux heures ouvrables. Elle a enchaîné très vite :

– Mais, quoi qu'il arrive, suis ta bonne étoile et ne
t'en veux pas pour Mme Berton, d'accord ? Si elle se
fait résilier à cause de toi, je la recueille.

Les mains serrées sur les bretelles rembourrées
de mon sac, elle me secouait les épaules pour bien
me rappeler qu'elle n'était pas dans ma vie qu'une
source d'inondation. J'ai remercié, mais ce n'était pas
le moment de m'attendrir. La nostalgie, en temps de
crise, a toujours été ma pire ennemie.

Il était 14 h 20. M'abandonnant à la laisse de Jules,
je lui ai laissé le soin de nous mener à bon port. Il a
descendu Raymond-Losserand au pas de charge, pris
la rue du Château, traversé la place de Catalogne en
direction du boulevard Pasteur. Il n'avait pas droit à
l'erreur : ou il m'amenait direct à Saint-Lazare, confir-
mant du coup les facultés que lui prêtait son confident
du Palais-Royal, ou bien il se plantait en chemin et je
me rabattais sur l'option B.

Au métro Pasteur, il a bifurqué à gauche, tournant
résolument le dos à la gare. J'ai tenté de l'arrêter en lui
expliquant son erreur d'orientation – peine perdue.

Mes ordres semblaient se heurter à une programmation impossible à modifier. J'ai renoncé à tirer sur la laisse qui l'étranglait pour rien. Il a remonté la rue de Vaugirard, accélérant l'allure en direction de la porte de Versailles. Au niveau de l'hôpital Gabriel-Pallez, il a stoppé d'un coup et s'est couché au pied d'un banc, tout heureux, comme si nous étions arrivés à destination.

Dans un retour d'angoisse, je me suis dit qu'une complication ophtalmo avait entraîné l'admission d'Alice, contrainte d'annuler ses vacances au dernier moment. J'ai attaché le chien au montant du banc pour aller me renseigner à l'accueil, mais ses aboiements furieux m'ont laissé entendre que je faisais fausse route. Et, de fait, la pancarte du centre hospitalier précisait qu'il s'agissait d'un EHPAD, Etablissement d'hébergement pour personnes âgées dépendantes

J'ai regagné le banc, je me suis laissé tomber entre deux fientes de pigeon et, la mort dans l'âme, j'ai appelé l'option B.

– Zibal, oui, tu vas bien, mon poussin ? Je suis en train de relire mes épreuves, je te rappelle demain…

– J'avais juste une question pour ce soir… Le canapé du salon, il est libre ?

– Pourquoi ? Ne me dis pas que tu es à la rue, en plus !

Je me suis retenu de répondre : « En plus de quoi ? » J'appelais à la rescousse, pas à la reprise des hostilités.

– C'est juste pour une ou deux nuits, maman, le temps de me retourner.

– Oui, oui, j'entends bien. Sauf que Jean-Christian ronfle, en ce moment.

Je n'ai pas insisté. Partager le canapé avec son amoureux exilé du lit pour nuisance sonore, c'était au-dessus de mes forces. Je lui ai demandé, histoire de ne pas l'avoir dérangée pour rien, quel était le sujet de son prochain livre.

– La solitude d'une mère qui découvre enfin l'amour à soixante-treize ans, sauf que rien ne se passe comme prévu. Mais bon, si vraiment tu ne trouves pas d'autre solution, viens. J'enverrai Jean-Christian dormir chez sa fille.

C'était dit sur un tel ton de sacrifice admirable que j'ai pris un malin plaisir à lui répondre qu'elle allait adorer mon chien.

– Ton *quoi* ?

– Un labrador de quarante kilos, très sage.

– Et tu trouves que c'est raisonnable, dans ta situation ?

– On me l'a offert.

J'ai détaché la laisse du banc et j'ai caressé la tête de Jules avec la courroie de cuir tressé. Il a remué la queue poliment, puis s'est remis à regarder vers la porte de Versailles.

– Zibal, ôte-moi d'un doute. Tu ne comptes quand même pas sur moi pour le garder pendant tes heures de travail ?

– Non, non, rassure-toi : j'ai perdu mon job.

Elle a fait semblant de ne pas entendre, incriminant le bruit infernal des travaux chez le voisin. J'aime bien la placer en porte-à-faux par rapport à moi. J'aime bien la voir, symboliquement, me remettre à la poubelle et ressortir le conteneur sur le trottoir de l'ambassade. La seule vraie joie qu'elle me doit, c'est un succès de librairie. Je sais bien qu'inconsciemment elle me reproche l'échec de tous ses livres suivants. Mais moi, ça me flatte. Etre son meilleur sujet, ça me suffit. Du moins, ça me légitime. Elle peut me faire ce qu'elle veut : je suis à l'abri de toute culpabilité.

– Ce n'est pas contre toi, mon poussin, mais avec ou sans chien, tu sais que je suis vraiment à l'étroit.

Le poussin est au courant. Habiter la rue la plus chère de Paris, ça réduit fatalement la surface. Depuis que sa pension alimentaire lui rapporte davantage que ses droits d'auteur, sa revanche sociale a consisté à passer de cent cinquante mètres carrés boulevard de Clichy à trente-huit rue de Verneuil. Cumul des avantages. Tout pour l'adresse et rien pour moi.

– Parmi tous tes amis, tu dois quand même avoir des gens qui ont de la place, non ? a-t-elle repris comme si j'abusais de sa générosité.

J'ai failli répondre qu'ils avaient tous pris le parti de Gwendoline, mais ça ne la regarde pas. Si je comprends tout à fait qu'elle me blâme, je ne supporte pas qu'elle me plaigne.

– Appelle mon amie Lucette Ancelet : depuis qu'elle est seule, elle fait chambres d'hôte à Louveciennes. Peut-être qu'elle accepte les chiens.

Comme s'il se sentait visé, le labrador s'est dressé brusquement. Après deux jappements qui avaient l'air d'un code, il m'a levé d'un coup de laisse. Puis il m'a entraîné à la rencontre d'un bus qui s'apprêtait à stopper devant nous. Le 80, Porte de Versailles-Mairie du XVIIIe. *Via* Saint-Lazare. Mon sourire a effacé le reste.

– Je te laisse, maman. Bonne relecture.

*

Sans surprise, sitôt le billet acheté, Jules m'a conduit droit jusqu'à la voie 26. Le prochain train pour Deauville partait à 15 h 33, mais les haut-parleurs

l'annonçaient voie 24, pour raison de service. Allez
expliquer ça à un chien. Impossible de l'arracher
du quai où il avait ses habitudes. Alors j'ai employé
la technique Vong. Accroupi à sa hauteur, je lui ai
envoyé une image mentale où je montais avec lui dans
un wagon de la voie 24 qui nous amenait dans les bras
d'Alice. J'ai répété dix fois l'opération psychique,
avec un succès assez relatif, m'a-t-il semblé. Pour
seule réponse, j'obtenais des coups de langue, que je
traduisais par : Tais-toi, fais-moi confiance, obéis.

Ce qui m'a aidé à le convaincre, je crois, c'est le
flot de vacanciers à mouflets et planches de surf qui
prenaient d'assaut le quai voisin, tandis que le nôtre
demeurait désert malgré les haut-parleurs qui répétaient le mot Deauville.

Il s'est endormi dès la sortie de Paris. Je n'en revenais pas de tout ce qui m'était arrivé en quelques
heures. Mais j'étais moins dépassé par le souk qu'il
avait mis dans ma vie que par l'excitation que j'en
retirais. Moi qui m'étais toujours laissé porter par les
événements, réservant mon énergie à mes passions,
mes inventions et mes lectures, je venais de prendre la
première vraie décision qui engageait mon destin. Et
c'était de suivre un chien.

Dans la cabine exiguë, les cauchemars qui agitent mes nuits me laissent des bleus au matin. C'est toujours la même scène qui me réveille : à cheval sur un macho décontenancé, je me retire brutalement en lui expliquant par le menu combien sa queue manque de volume et de savoir-faire. Après quoi je l'énuclée posément avec une cuillère à glace. Je déteste ce rêve, ce qu'il représente et ce qu'il sous-entend. N'ai-je retrouvé la vue que pour rêver de vengeance aveugle ?

Les trois violeurs de mon lycée qui, dans une cave moins sombre que prévu, m'ont brûlé les yeux à l'acide pour éviter que je les reconnaisse sont toujours en détention à Marseille, et ça ne me pose aucun problème. Depuis douze ans, je les appelle les Castors juniors, comme les neveux de Donald : je les ai tués par le ridicule et jamais je ne rêve d'eux. Entre dix-huit et vingt-trois ans, je suis allée leur rendre visite tous les six mois. Par une sorte de cruauté altruiste, pour leur épargner l'oubli, la tentation de la récidive, et stimuler leur envie de rédemption. Ça contrariait ma psy, mais ça me faisait beaucoup de bien.

Pour voyager léger dans une vie sans lumière, m'affranchir de toute rancœur toxique, je leur ai accordé un pardon qui n'a rien de chrétien, un pardon purement égoïste, un pardon pervers – un pardon de salope, comme j'adorais me le répéter. Un pardon qui me faisait jouir de leurs remords chauffés à blanc par mon apparente mansuétude. Et quel soulagement de ressortir libre comme l'air, en les sachant d'autant plus enfermés dans leur crime que j'étais venue leur tenir compagnie au parloir en décolleté et jupe moulante. C'étaient les seuls moments où, trichant de tout mon corps, je me sentais comme avant. Sans peur et sans reproche.

Quand je me suis installée à Paris, je les ai abandonnés à leur sort avec la même gaieté de cœur. Ils m'ont écrit par l'intermédiaire de mon père, à l'Ecole de ski, en disant que je leur manquais, que c'était moche de les laisser tomber après leur avoir fait croire que tout était possible. Tout quoi ? Je leur avais donné, tel un os à ronger, le fantasme absolu : au jour de leur libération, ils s'imaginaient que je viendrais les chercher en taxi, pour les réinsérer en m'offrant à eux comme une sainte pute. Voilà ce qu'ils entendaient par rédemption. Connards.

La tentative de suicide de l'un d'eux, annoncée à la radio, ne m'a fait ni chaud ni froid. J'ai passé plus de dix ans à vivre le présent avec une boulimie joyeuse et méthodique, hors d'atteinte du passé, de ses bonheurs révolus comme de son « accident ». Pourquoi réactiver, au moment où elle a perdu sa raison d'être, ma peur des hommes en liberté, et vouloir la conjurer au travers de ces rêves sadiques ?

J'étais quelqu'un de bien, dans le noir. Là, j'ai du mal à me reconnaître.

*

Escale à Guernesey. Les maisons bariolées du port, les panneaux indicateurs en vieux patois anglo-normand, le cassoulet local, les sentiers champêtres, le dolmen de Dehus... Et Hauteville House. La demeure de Victor Hugo en exil, peuplée de meubles lourds frappés de ses initiales, de tableaux sans grâce et de tables tournantes dont notre guide récite les prétendus messages d'outre-tombe avec une complaisance enjouée. Les Daphnic n'écoutent rien. Elles se querellent. Divergences littéraires (Balzac opposé à Hugo), fiscales (Guernesey confronté à Nassau), plaisancières (inconvénients respectifs du ketch et du sloop). Elles ne sont mariées que depuis trois semaines, mais, au rythme où elles se disputent, elles risquent fort d'être les pionnières du Divorce pour tous.

Fred m'entraîne dans le petit escalier menant au *lookout*, ce grenier vitré où Hugo écrivait debout en balançant les feuilles de son lutrin sans les numéroter. Avec une paillardise un peu pénible, elle me raconte le gros cul de Juliette Drouet frétillant tandis qu'elle ramasse les pages en levrette et les remet dans l'ordre après s'être fait trousser.

Envie d'être seule. Quand on rejoint le groupe, la guide est en train de raconter les merveilleuses relations entre Victor et sa chienne Chougna. J'en ai marre. Je leur dis que je vais me balader et qu'on se retrouve à bord.

Je redescends jusqu'au port à travers les sentiers d'hortensias et de bruyères. J'entre dans un cyberpub, je commande une pinte de Guinness, je me connecte et j'envoie le mail que j'ai sur le cœur depuis qu'on a quitté Honfleur. Claire.chaufour@laposte.fr. C'est la mère de Cédric, mon meilleur copain de terminale devenu, l'espace d'un quart d'heure, le complice de mes bourreaux. Chaque 8 novembre, date anniversaire de l'« accident », Claire Chaufour envoie sur ma boîte RTL un message de compassion auquel je ne réponds jamais.

D'une seule phrase, sans bonjour ni adieu, je l'informe que j'ai recouvré la vue que m'avait ôtée son fils. Ça n'efface pas le crime, ça ne réduit pas la peine, mais ça soulagera le cœur d'une mère. C'est cela, le véritable pardon. Celui à côté duquel je suis passée.

En cliquant pour envoyer le mail, j'éprouve un immense sentiment de libération. Comme si mes yeux venaient de guérir *pour de bon*, sans séquelles ni effets secondaires. Comme si je retrouvais d'un coup la pleine lumière, parce que l'illusion de noirceur se dissipe.

Je vide ma pinte de bière et m'adosse à la banquette en skaï. Pour continuer sur cette voie, il faudrait maintenant que je m'attaque à l'autre conséquence du 8 novembre : mon rapport aux hommes. Mais là, il ne suffira pas d'un simple clic.

Le chien a dormi tout le temps du voyage. Aucune annonce d'arrêt ne l'a fait broncher, jusqu'à ce que le mot Deauville résonne dans le haut-parleur. Il s'est levé aussitôt, est allé se poser en faction devant la porte du wagon.

Sur le parvis de la gare, il tombait un crachin froid dans une chaleur d'orage. D'emblée, Jules a bifurqué à droite, côté Trouville, pour me faire traverser le pont qui enjambe la Touques. Il a remonté le quai, la truffe au ras du sol, la queue vibrante et l'aboiement prompt quand le trottoir ne se dégageait pas assez vite devant nous.

Tout ce que je connaissais de la Normandie jusqu'à présent, c'était la zone industrielle de Caen, où se trouve l'un des centres de production Vert-de-Green qui retraite la chabasite en aliment porcin. Les façades à colombages dans l'odeur de marée vaseuse me dépaysaient grandement. La mer, pour moi, c'était le golfe Persique, Singapour et Dakar au temps des ambassades de mon père, puis le camping au Grau-du-Roi lorsqu'il avait divorcé pour cause de nomination à Washington, où la carrière d'un diplomate s'accommode mal d'un fils d'origine syrienne. Dès que j'avais eu l'âge et les moyens de partir seul en vacances, j'avais choisi les sports d'hiver pour me démarquer, offrir à mes premières amours des souvenirs vierges.

L'excitation de Jules et sa vitesse augmentaient à mesure qu'on approchait de la plage. C'était visiblement son endroit préféré. Ou bien c'était la présence d'Alice qui, localisée, lui faisait oublier qu'il avait charge d'âme au bout de sa laisse. Je tamponnais tous les trois mètres les passants à coups de sac à dos, victime de ses zigzags, heurtais les étals et les poteaux sans qu'il s'en émeuve le moins du monde.

Alice se trouvait-elle dans une maison de famille, une location, un hôtel ? Il s'est arrêté devant le Kyriad, un trois-étoiles lugubre face au parking du casino, mais c'était juste pour lever la patte sur le pneu avant d'une Ferrari. Vu la ligne surbaissée du véhicule, son jet de pipi a servi de lave-glace. Mission accomplie, il a traversé la place à fond de train, longé sans s'arrêter la façade du palace en finition qui jouxtait le casino

Barrière, et s'est engagé sur le chemin de planches ensablées qui séparait le front de mer du terrain vague brumeux planté de tentes multicolores. Slalomant entre les cirés, les poussettes et les parapluies, il a encore accéléré. Torse en arrière pour le freiner, je me tordais les chevilles entre les planches. Percutant de plein fouet un surfeur, j'ai lâché la laisse. Le temps d'essuyer ses injures, de m'excuser et de le soulever du sol pour qu'il arrête de me secouer, Jules avait disparu.

Il m'attendait au coin de la rue suivante, devant l'entrée du Flaubert, un petit hôtel néo-normand cerné de goélands qui patrouillaient face mer et d'étourneaux piaillant dans les platanes côté rue. Un couple d'amoureux poussait la lourde porte vitrée en essayant d'ouvrir un parapluie. Jules a foncé entre leurs jambes. J'ai demandé pardon pour lui, et je suis entré dans le hall au moment où une ample dame à chignon gris-blond quittait son comptoir, bras tendus.

– Mais c'est mon Julot ! Mais qu'est-ce que tu fiches là, brigand ?

Le chien lui a sauté au cou. Elle l'a enserré dans une prise de catch, et ils ont tournoyé en jouant à la bagarre pendant trente secondes avant qu'elle s'aperçoive de ma présence.

– Monsieur ? a-t-elle demandé en lâchant le labrador d'un air sourcilleux.

J'ai précisé que j'étais avec lui. Aussitôt son visage s'est illuminé.

– C'est pas vrai ! Ah, je suis ravie ! Mais pourquoi Alice ne m'a pas prévenue ? La résa est pour demain soir ! Bon, ça fait rien : à la 22 j'ai des Allemands qui n'arrivent qu'à 20 heures, je les bascule à la 33, et hop ! Elisabeth Lippens, enchantée. Vous ne serez pas déçus : ils annoncent un juillet d'enfer, ne vous fiez pas au crachin de tantôt. Vous êtes un faux maigre, dites donc. Jolis biscotos. Je la comprends, mon Alice.

J'ai remercié d'un air modeste, tandis qu'elle continuait de m'écraser les phalanges en me pétrissant le biceps de la main gauche. Avec son bagou à la bonne franquette, on l'aurait davantage imaginée dans une taverne flamande façon Brel que dans un trois-étoiles feutré de la Côte fleurie. J'ai ôté mon sac à dos pour abréger les effusions.

– Sans vouloir critiquer, a-t-elle ajouté avec un clin d'œil entendu, ça me fait rudement plaisir de la voir avec quelqu'un comme vous.

J'ai réduit mon sourire d'un cran. C'était de l'antiracisme primaire. Comme chez ces bobos bien-pensants des cabinets de chasseurs de têtes qui s'empressaient toujours de me rassurer : mon problème, sur le marché de l'emploi, n'était pas dû à mon faciès, mais à mes diplômes. J'étais surqualifié. Trop vieux pour me trimbaler un tel bagage.

— Elle est restée dans la voiture ? Je vous ouvre la barrière du parking, voilà... Allez vite vous garer avant qu'il repleuve, je vous envoie Lucas pour les bagages.

Improvisant par étapes face à la situation, je lui ai répondu que nous avions pris le train, Jules et moi : Alice viendrait plus tard. Elle a reculé d'un pas, surprise. Puis carrément soupçonneuse.

— Et comment elle fait pour venir, si le chien est là ? C'est quoi, cette embrouille ?

Comme s'il sentait le vent tourner, Jules s'est enroulé autour de mes jambes avec une affection ostentatoire. Alors j'ai annoncé à l'hôtelière la bonne nouvelle : Alice voyait de nouveau, grâce à une opération de la cornée. Elle est restée bouche bée, tournée vers le labrador, puis s'est penchée soudain pour l'asticoter en lui muselant la truffe.

— Mais c'est génial ! T'as plus rien à faire, dis donc, mon coco ! C'est la quille !

D'une moue gênée, j'ai tenté de lui faire comprendre qu'elle appuyait sur un point sensible. Elle s'est redressée en s'aidant du comptoir, m'a tendu gaiement une petite clé au bout d'un gros champignon en laiton.

– Bienvenue chez vous : il connaît le chemin ! Ah non, ça me flanque un sacré coup qu'elle ne soit plus aveugle ! Cinq ans que je la vois toute perdue, la pauvrette, quand Julot va faire les quatre cents coups sur la plage. D'accord, c'est ses vacances à lui aussi, je me mets à sa place, mais ça me fendait le cœur, moi, une fille si jeune. Et l'autre qui passait son temps à la roulette. Faut croire qu'y a un bon Dieu, de temps en temps.

Je l'ai suivie jusqu'à l'ascenseur, tandis que Jules grimpait l'escalier à fond de train. Imaginant mal le labrador en train de pousser des plaques sur un tapis vert, je déduisais de l'avant-dernière phrase qu'Alice fréquentait un joueur. Ma présence sur son lieu de vacances prenait tout à coup un tour nouveau, des plus gênants. Je n'avais pas songé un instant qu'une ex-aveugle privée de son chien n'a aucune raison de se consoler toute seule. Je m'en étais tenu à l'avis de son vétérinaire : *A ma connaissance, il n'y a pas d'homme dans la place.* Mais, surtout, je m'étais laissé influencer par les certitudes impétueuses de Jules, qui jouait les marieurs sans souci des dommages collatéraux. Comment me sortir de cette situation ? Très clairement, la patronne me considérait comme le nouveau mec d'Alice qui avait réservé pour deux.

— Sans vouloir être curieuse, a-t-elle repris en m'ouvrant la porte de la cabine, vous la connaissiez déjà du temps de l'autre, ou c'est du neuf de c't'année?

— En réalité, pour être tout à fait...

Elle m'a interrompu d'un air gourmand en me disant qu'elle ne voulait surtout pas que je la croie indiscrète. Elle attendait que je la détrompe. Je cherchais comment l'y encourager, pour en savoir plus sur Alice et son compagnon. Mais il fallait auparavant que je passe aux aveux, pour éviter qu'elle ne gaffe si jamais ils lui téléphonaient en route. J'ai recommencé mon préambule, couvert par le chien qui s'était mis à japper d'impatience dans les étages.

— Ah! il l'aime, sa 22, s'est-elle attendrie. Je vous laisse vous installer, j'ai rendez-vous chez le kiné. A plus tard. En tout cas, je vous souhaite plein de bonheur. Vous verrez : c'est un hôtel qui porte chance aux amoureux.

Elle a pressé le bouton 2, a refermé la grille sur moi. Le vieil ascenseur bringuebalant qui sentait la cire et la crème solaire s'est arrêté sur un palier Art déco encombré de bergères et de chaises dépareillées. Jules m'attendait au fond du couloir en grattant le battant. J'ai ouvert sa 22. Il s'est précipité dans la salle de bains, en a fait le tour en deux secondes, m'a dévisagé avec un air de reproche. J'ai posé mon sac à dos, refermé la porte. J'étais dans une petite chambre d'enfant avec un lit de 70, une commode et une table sous la fenêtre vue mer. Un rideau rayé la séparait de la suite parentale, où un king-size à couette jaune faisait face à une porte-fenêtre au balcon protégé par un auvent à colombages. Un goéland juché sur l'une des deux chaises de jardin a soutenu mon regard, l'air chez lui, comme si je lui apportais un room service.

Jules a surgi dans mon dos, s'est mis debout contre la vitre en aboyant pour le faire déguerpir. Le goéland l'a toisé sans broncher, dépliant brièvement ses ailes de trois ou quatre centimètres, comme on hausse les épaules. Je les ai laissés dialoguer et je suis retourné dans la chambre d'enfant. On toquait à la porte. J'ai ouvert.

– Bonjour, monsieur ! a chantonné une femme de chambre hors d'âge.

Elle est entrée, toute pimpante, avec une gamelle qu'elle est allée poser directement dans la salle de bains.

– Et bonjour, Jules ! Ça fait plaisir de te revoir !

Déboulant de la chambre, il s'est jeté sur la part de bœuf aux carottes qu'il a boulottée en dix secondes, au pied du lavabo. J'ai demandé à la dame s'il restait une chambre libre.

– Oh ben, non, monsieur, on est toujours complets à cette période. Bonne soirée et bon séjour.

Dès que la porte s'est refermée, je suis allé m'allonger sur le grand lit d'à côté. La fatigue et les émotions de la journée ne me laissaient plus qu'une envie : fermer les yeux, faire le vide, dormir douze heures. De toute manière, je ne voyais pas d'autre solution que de squatter cette chambre et de la libérer demain en fin de matinée. Les femmes de ménage effaceraient les traces de ma nuit, et Alice trouverait, en arrivant à la réception, un petit mot lui annonçant que son chien l'attendait dans la 22. J'aurais laissé mon nom, mon numéro de portable et un bref résumé des événements qui m'avaient conduit jusqu'ici. Ensuite, advienne que pourra.

Jules est monté sur le lit, m'a repoussé à coups de museau dans les côtes pour que je roule à l'autre bout du matelas. Puis il s'est étendu de tout son long en creusant l'oreiller. J'en ai conclu que je lui avais pris sa place : Monsieur dormait du côté gauche. Exilait-il l'amant de sa maîtresse dans la chambre d'enfant, comme le faisait ma mère avec son Jean-Christian quand il se mettait à ronfler ? Je me suis entendu demander :

– Qu'est-ce que je vais devenir, Jules ?

Il a poussé un gémissement de bien-être en s'étirant. Une patte arrière a touché mon mollet et je me suis laissé gagner par son optimisme. Après tout, je n'avais qu'à me trouver une Quechua XL2 à cent dix euros, comme celle que j'avais offerte à un sans-abri quand j'avais emménagé rue des Thermopyles. J'irais camper sur la colline et, le jour, je m'installerais dans un café pour travailler en rechargeant mes batteries. Même si mon téléphone restait muet, même si Alice faisait l'impasse sur moi pour ne pas rendre jaloux son compagnon, j'aurais gagné des illusions de vacances avant de reprendre mon destin en main dès la rentrée.

Tout à coup, Jules a sauté du lit, s'est retourné pour que je le suive. Comme je ne bougeais pas, il a foncé dans le rideau de séparation. J'ai entendu la porte s'ouvrir. Il avait dû peser avec ses pattes sur le bec-de-cane. Pratique, un chien qui va faire ses besoins tout seul. J'ai fermé les yeux en cherchant le sommeil.

Vingt secondes plus tard, son halètement m'a fait sursauter. Il tenait sa laisse entre les dents, me l'a déposée sur la main droite. Il m'emmenait promener. J'ai senti les larmes envahir mes yeux. Jamais personne ne s'était ainsi occupé de moi. Les remugles du bœuf aux carottes m'ont rappelé que je n'avais rien avalé depuis le petit déjeuner, et j'ai accepté son invitation.

*

La pluie s'était arrêtée, une lueur gris orangé nimbait le ciel entre les nuages. Il m'a conduit sur les Planches, s'est arrêté devant Les Délices du Pays d'Auge, où il était aussi connu qu'à l'hôtel.

– Comme d'hab ? lui a demandé la marchande de glaces.

Elle a tassé dans un cornet trois boules chocolat-caramel-fraise et l'a déposé dans la gueule du labrador qui, debout en appui sur le comptoir, avait incliné la tête de côté pour ne pas renverser la glace. Il a ripé sur ses pattes avant en se tournant vers moi, m'a offert le cornet. J'aurais préféré du salé, mais je n'ai pas voulu le décevoir. Je suppose qu'il répétait avec moi un rituel de vacances entre Alice et lui. J'ai décroché de ses dents le cône en biscuit à peine mordillé, et je me suis poliment régalé à voix haute tandis que la marchande lui composait le même assortiment.

Nous sommes allés nous poser sur un banc où j'ai admiré sa technique. Allongé sur le côté, maintenant contre son poitrail l'extrémité du cornet entre ses pattes croisées, il attaquait les boules à coups de langue tant qu'elles dépassaient du cône. Puis il a englouti le reste de la glace en rejetant la tête en arrière. Occupé à se lécher les babines, il a attendu que j'aie fini mon cornet. Alors, il m'a redonné la courroie de sa laisse et on a continué notre balade sur les Planches, face aux raffineries du Havre qui cassaient l'horizon de carte postale.

Après les grilles du club de tennis, les villas se faisaient plus cossues – de véritables manoirs avec leur accès direct sur le sable. Ce serait un rêve pour moi d'habiter à l'année une chambre de bonne sous ces combles à colombages. Le prolongement de ma smala des Thermopyles, où je mettrais la touche finale à mes découvertes qui changeraient le monde – ces découvertes qui n'ont eu d'autre effet jusqu'à présent que de creuser mon découvert. De la fabrication de plastique au moyen d'algues brunes à la transformation des bactéries en agents dépolluants, de la récupération de l'énergie des trous noirs pour propulser les fusées à l'invention des plantes médicinales prêtes à traire, je suis à la tête d'une trentaine de brevets dont la protection m'a mis sur la paille et qui laissent de marbre tous les chefs d'entreprise à qui je les présente.

Mon problème a toujours été à la fois le manque de moyens et l'absence de limites : tout m'intéresse, tout me disperse et tout me ruine. C'est pourquoi je temporise. Grâce à Jules, grâce à l'élan dévastateur qu'il a redonné à ma vie en quelques heures, je ne suis déjà plus un raté. Je le sens. Condamné désormais à réussir l'impossible sans position de repli, je vais redevenir le conquérant bédouin qui, pour épater sa mère adoptive, partait à l'assaut du collège, des classes prépa, des grandes écoles... Et réussissait tout, avant d'être laminé par une trahison amoureuse. C'est derrière moi, tout ça. L'immobilisme, la petite survie au jour le jour. Je vais me refaire un cœur, une réputation, un avenir – en lieu et place de cette belle sérénité bouddhiste qui anesthésie mes échecs mais me laisse végéter pour rien. J'ai confiance en mon destin, à nouveau. C'est moi que le chien a choisi, même si Alice a un autre homme dans sa vie. Un homme qui, peut-être, n'aime pas les bêtes et lui a dit que ce serait Jules ou lui. Eh bien non : ce sera Jules et moi.

– Il est 19 heures ! tonne un haut-parleur. C'est la fin de la surveillance et la fermeture de l'Établissement des bains. Nous vous souhaitons une excellente soirée.

Aussitôt, Jules m'arrache sa laisse et fonce vers la mer, imité par une dizaine de congénères interdits de plage aux heures ouvrables, comme le stipulent d'innombrables panneaux triangulaires rayant d'une croix la gent canine. Je le regarde batifoler dans le sable avec des boxers, des dogues, des bergers et d'autres races non identifiées qu'il escalade de bon cœur. Retrouvailles estivales, reniflettes mutuelles, bagarres ludiques et courses à fond de train dans les vagues. Son bonheur insouciant me redonne soudain le cafard. Suis-je vraiment autre chose qu'un prestataire, à ses yeux ? Un intermédiaire entre Alice et lui. Un livreur qui se croit l'objet de la livraison.

Les rares baigneurs qui ont résisté au crachin replient leurs affaires. La marée sera haute dans une heure, indique le tableau magnétique sous la tour de contrôle 1930 qu'ont évacuée les maîtres nageurs sauveteurs. Dernier humain sur la plage avec moi, un vieux monsieur très droit en pantalon de flanelle, chemisette de garçonnet et bob lavande, trace à reculons, par de lentes foulées régulières, de grandes figures géométriques du bout de sa bêche à sable. Circonférences impeccables montées en collier telles des perles de différentes grosseurs encadrant des spirales et des structures en hélice – vu du ciel, ça doit être magnifique. Je m'approche pour apprécier la finesse, la précision du tracé. Il s'arrête, la bêche en suspens, défie du regard une vaguelette qui vient lécher le pourtour d'un cercle. Quand elle se retire, il incline la tête en signe de remerciement.

Mon labrador arrive au galop, stoppe net en bordure du collier de sable. Le vieux monsieur lui adresse un sourire bienveillant, tout en touchant du doigt son bob.

– Le bonsoir, ami Jules. On est déjà en juillet, alors…

Il y a dans sa voix creuse un fond d'allégresse machinale qui compense le poids des ans. La marque des solitaires gouvernés par une œuvre, un ailleurs ou une foi.

– Et qu'as-tu fait de la gentille Alice ?

Jules s'est couché à l'extérieur du dessin, face à la mer, dans une posture de sphinx, comme s'il voulait défendre l'ouvrage. J'ai répondu pour lui. Le dessinateur m'écoutait en hochant la tête. L'annonce de la cécité guérie par une greffe de cornée l'a rendu triste. Il a soupiré, les yeux au sol :

– Au moins, le rêve de quelqu'un se sera réalisé.

J'ai suivi son regard rivé aux courbes extérieures qui commençaient à se déliter sous la montée des eaux, malgré les aboiements dissuasifs de notre chien de garde. J'ai dit :

– C'est très beau, ce que vous faites.

– Chaque jour, je m'efforce à l'identique, a-t-il répondu sur un ton qui n'avait rien de modeste. Je lutte contre le temps, les rhumatismes, la main qui tremble... Il faut bien.

– C'est votre métier ?

– Métier, a-t-il répété comme s'il cherchait le sens du mot.

– Vous êtes artiste ?

– Non, technicien de surface. L'humanité n'a plus d'intérêt pour moi ; j'essaie de communiquer avec des forces intelligentes, a-t-il ajouté en me quittant des yeux pour scruter le ciel d'un air vexant.

J'ai pensé aux *crop circles*, ces destructions végétales géométriques réalisées dans les champs par des plaisantins, des militaires ou des extraterrestres, suivant les explications qui s'affrontent périodiquement dans les médias.

– Et... ça marche ?

Il m'a rendu mon regard avec une résignation accablée.

– A votre avis ? a-t-il demandé en désignant la marée qui laminait son chef-d'œuvre.

– Et vous leur dites quoi, à ces « forces intelligentes » ?

– De revenir me chercher.

J'ai marqué un petit temps, qu'il a dû interpréter comme une forme de respect, car il m'a considéré avec une sympathie accrue. J'ai risqué du bout de la voix :

— Vous faites allusion aux ovnis ?

— Si vous préférez parler du contenant, oui. Ils m'ont enlevé quand j'avais neuf ans, le temps d'une nuit. Je ne me souviens de rien, mais depuis je m'emmerde. J'ai dû être en contact avec une civilisation tellement plus intéressante...

Je me suis dit que j'avais affaire à un doux illuminé, un ufologue amateur qui allait rapidement me gonfler, et je me suis mis à lui parler astrophysique pour qu'il comprenne que je n'étais pas le confident idéal en matière de petits hommes gris tombés du ciel. A ma grande surprise, il m'a répondu sur le même terrain. Trous noirs, multivers, défauts spatio-temporels, théorie des cordes... Il était d'un niveau assez comparable au mien. Peut-être même supérieur.

— J'ai travaillé quarante ans à l'observatoire du pic du Midi, comme nettoyeur de lentilles. Je me suis instruit sur le tas, par osmose, au contact de tous les grands génies confinés avec moi sur le site. Mais je n'ai jamais rien vu d'intéressant, même au Gentilli, le télescope de 106 cm. Aucun ovni, aucune trace de peuplement extraterrestre dans le système solaire, aucun indice d'une volonté d'entrer en communication avec nous, aucun alignement de planètes correspondant à cela...

Il a soulevé sa chemisette. De vagues rougeurs brunâtres parsemaient sa poitrine, taches de naissance ou maladie de peau. On pouvait y voir, en dépit des poils blancs et des replis de l'épiderme, une vague ressemblance avec les figures circulaires qu'il avait dessinées dans le sable.

– C'est tout ce qu'ils m'ont laissé, a-t-il commenté. Est-ce un marquage, une signature, un modèle à transmettre ? Je n'ai jamais su. Alors, depuis que je suis à la retraite, je m'efforce de reproduire le dessin à grande échelle pour me rappeler à leur bon souvenir. Qu'ils sachent où je suis, et que je demeure à leur disposition s'ils le souhaitent. Il ne faudrait pas trop qu'ils tardent, à présent : je vais sur mes quatre-vingts ans. Mais peut-être, ils ne s'intéressent qu'aux jeunes, eux aussi.

L'eau a touché ses mocassins. Sans bouger, il a poursuivi sur le même ton :

– Ou alors, ils n'existent pas. Ils sont le produit de mon imagination, tout droit sortis du roman de Lovecraft que j'étais en train de lire, la nuit où la Gestapo a enlevé mes parents. Moi aussi, dans la cave où ils m'avaient planqué, j'aurais tant voulu qu'on vienne me chercher... Mais pas les Allemands. Ce sont nos rêves impossibles qui gouvernent nos vies, vous ne croyez pas ?

Je n'ai pas répondu tout de suite. Je regardais Jules qui avait renoncé à défendre l'ouvrage, et se roulait gaiement dans les vagues ennemies avec une impudeur de collabo. J'ai fini par glisser :

– Et les marques sur votre peau ?

– Ce sont peut-être des stigmates qu'elle se fabrique. Comme les chrétiens qui revivent dans leur chair la passion du Christ : plaie au côté, saignements, trous de clous... Autosuggestion. Moi, je ne crois pas en Dieu. Je pense que l'homme est mauvais, qu'il n'a créé que le diable. Quelque part dans le cosmos, j'espère qu'il existe une autre forme d'humanité qui vaut la peine.

Il a sorti un mouchoir pour nettoyer sa bêche. Il a conclu avec un demi-sourire :

– Dans le doute, je continue à signaler ma présence dans le sable. Les journées passent plus vite, ça fournit des sujets de conversation aux vacanciers, et ça me conserve une certaine souplesse en dépit de l'arthrose. Et vous ?

En reculant pour se mettre au sec, le vieil homme a précisé le sens de sa question :

– Que faites-vous avec le cosmos ?

– Rien.

Tandis que la marée achevait de détruire sa journée de travail, je lui ai raconté la poubelle de mes origines, mon régime porcin contre les algues vertes, le vol du brevet par Gwendoline, les bactéries, les plantes à traire, les macarons, mon coup de foudre pour Alice, mes projets d'avenir : cette nuit au Flaubert et demain sous la tente… Il me regardait à présent avec un franc sourire qui lui donnait vingt ans de moins. J'étais devenu pour lui un extraterrestre adoptif, un voisin de chimère, un frère de sable. Et je dois reconnaître que je n'avais pas rencontré d'interlocuteur aussi compréhensif depuis ma directrice de thèse en génie biologique à Créteil – celle qui m'avait mis sur la piste des bactéries du yaourt, mais n'avait pas voulu divorcer pour que je l'épouse.

Jules gambadait autour de nous, content de nous voir copiner. Il nous rapportait de temps en temps un bout de bois pour se rendre utile, le déposait à nos pieds et attendait patiemment, sans nous interrompre, que l'un de nous deux le lui lance dans la mer. Etait-il possible que le but du voyage où il m'avait entraîné fût non pas de retrouver Alice, mais de rencontrer cet homme ?

Quand le soleil s'est glissé sous les nuages barrant l'horizon, le traceur de cercles m'a informé qu'il s'appelait Maurice Blum, et nous a invités à dîner chez lui. J'ai décliné courtoisement, mais son doigt tendu vers les Planches m'a fait changer d'avis dans l'instant. Jules, qui paraissait connaître les lieux, était déjà parti en éclaireur et nous attendait, cent mètres plus loin, devant la villa Mariposa. L'une des plus belles maisons de la plage. Un manoir en briques roses et pierres blanches, avec une tour d'ardoise pointue comme un crayon d'architecte.

Nous avons monté les six marches de l'escalier vermoulu planté dans le sable. En ouvrant une porte au rez-de-jardin, Maurice m'a retracé l'historique du lieu. C'était une propriété de famille que son grand-père rentier avait vendue à la découpe, pour rembourser ses dettes de jeu. Il lui restait deux pièces à l'entresol et le sommet de la tour. On s'est assis sur des sièges en rotin, dans un living à meurtrières et papier peint ancestral où flottait une intense odeur de solitude, mi-naphtaline mi-salpêtre. Entre les photos de ses parents gazés à Auschwitz et le portrait de son épouse disparue dans un gouffre au pic du Midi, nous avons dîné de chips au paprika, truite fumée Monoprix, Babybel périmés et compote en tube, le tout arrosé de cidre local. Mais la gentillesse sans efforts et la culture autodidacte de notre hôte parvenaient bizarrement à égayer l'atmosphère. Sous la grosse télé habillée de formica, Jules rongeait un os en caoutchouc musical avec lequel il semblait avoir une longue intimité.

Après le café soluble allongé au calva, notre hôte a sorti d'un placard une lampe torche.

– Mon pigeonnier, a-t-il murmuré en me la tendant comme un saint Graal. J'y ai vécu les plus belles heures de ma jeunesse, à guetter les étoiles. Mais je ne peux plus y grimper, avec l'arthrose. Allez voir si c'est encore habitable. En cas, vous seriez mieux que sous la tente, non ?

Désarçonné par la gentillesse de ce vieil enfant fossilisé, je suis monté au dernier étage de la tour. Une porte moisie donnait dans le pigeonnier auquel on accédait par une échelle de meunier. Jules est passé le premier, avec une agilité confondante pour sa taille. Cerné de craquements et de poussière soulevée par les courants d'air, j'ai débouché, à la lueur de la torche, dans six mètres carrés de charpente à couper le souffle. Quatre lucarnes s'ouvraient sur la Manche, sur Deauville, Le Havre et les châteaux parsemant les hauteurs de Trouville. Une vue à trois cent soixantes degrés, dans la clarté lunaire et le gémissement du vent. Seul mobilier : une table ronde sous une lampe-tempête à pétrole, une vieille chaise en tapisserie trouée par ses ressorts, un lit de camp en équilibre précaire entre les pannes et les poteaux de chêne. Le carreau cassé au nord et les boulettes de régurgitation jonchant le sol suggéraient la présence intermittente d'une chouette. Perspective de cohabitation qui n'a guère entamé mon enthousiasme. Le labrador guettait mes réactions avec la discrétion vigilante d'un agent immobilier. Il est redescendu derrière moi en remuant la queue.

– Je ne ferme jamais ma porte, a précisé Maurice. Vous pourrez profiter de ma salle de bains à marée basse.

Autrement dit : pendant les heures où il dessinait des cartes postales dans le sable.

On l'a quitté un peu avant minuit. Je croyais tomber de sommeil, mais, à peine entré dans la chambre 22, je me suis attablé sous la fenêtre, et j'ai écrit à Alice le récit de ma journée avec son chien.

Six brouillons plus tard, j'ai rejoint notre guide endormi sous la couette king-size, où j'ai profité de ma dernière nuit de confort avant d'aller jouer les ermites de la tour. Le nez dans l'oreiller, m'imprégnant du parfum citronné de l'assouplissant pour oublier les pets qui s'échappaient du sommeil de Jules, j'ai rassemblé mes images d'Alice pour rêver d'elle, partager son intimité dans ce lit de vacances où le lendemain elle ferait l'amour avec un autre. Je me superposais. Je devenais *l'autre*, le remplaçais sans qu'elle s'en aperçoive, tellement elle avait fantasmé sur moi depuis Orly – soyons optimiste.

Le chien m'a réveillé à 8 h 20, trempé, couvert de vase, d'algues et de goudron. Seul souvenir de ma nuit : un cauchemar où il grattait avec fureur la terre d'un cimetière pour exhumer un corps. De la fosse creusée par ses soins, les croque-morts retiraient une poubelle avec une fente pour le courrier. Jules y glissait ma lettre à Alice.

*

– Vous la lui donnerez vous-même, me conseille la patronne du Flaubert, en retirant mon enveloppe de la case 22 où je l'ai déposée en même temps que la clé.

Je viens de lui raconter mon histoire par le menu, pendant que Jules se fait toiletter chez *Vanity-Dog*, rue des Bains. L'hôtelière ira le chercher et le fera patienter jusqu'à l'arrivée de sa maîtresse. Je préfère nous éviter la grande scène des adieux.

– Quel dommage, quand même, si c'est pas du gâchis…, soupire l'ample Normande en me pétrissant le genou sur les coussins en chintz du bar jouxtant la réception.

Encouragé par son parti pris manifeste, j'essaie

d'en savoir plus sur la personne qui partage la vie d'Alice.

– Je ne tire jamais sur les ambulances, répond-elle d'un ton définitif en me reservant une tasse de café. Chacun vit comme il veut. De toute façon, vous n'êtes pas vilain, allez, vous trouverez vite chaussure à votre pied.

La podologue du cœur me congédie d'une tape gaillarde sur la cuisse, refusant à mon grand soulagement que je paye la nuitée, le petit déjeuner et le toilettage du chien.

– Je les mets sur sa note : elle vous doit bien ça. Je vous laisse un texto si je sens une ouverture, OK ?

Sac au dos et l'humeur en dents de scie, je quitte le Flaubert sous un soleil frisquet et je descends les Planches jusqu'à la villa Mariposa. Maurice doit faire la grasse matinée : ses volets sont fermés et la marée encore trop haute pour lui – les bronzeurs occupent tout le sable disponible.

J'emprunte un aspirateur au gardien et je monte installer mes affaires dans le pigeonnier – qui mériterait davantage l'appellation de chouettière. Au bout d'une heure de ménage, mon refuge baigné de lumière a fière allure. Je viens de remplacer le carreau cassé par une feuille de plastique quand Jules déboule par l'échelle de meunier. A nouveau plein de sable et parsemé d'algues par-dessus le brushing de *Vanity-Dog*, il me gratifie d'un bref câlin anxieux avant d'aller se coucher en version compacte sous la table ronde. Un bip amène mon regard sur l'écran du smartphone où vient de s'afficher un texto de l'hôtelière : *Il n'est plus dans la chambre. Il est avec vous ?*

Inutile de se demander pourquoi il s'est sauvé du Flaubert. Le trac. La peur d'affronter tout seul sa maîtresse, qui l'a déjà abandonné une fois alors qu'il n'avait rien fait de mal. Je me vois soudain sous un autre jour, dans son regard. Je suis un cadeau. Un prétexte, un cache-misère, un tableau de chasse. Il lui rapporte un homme pour se réintroduire en douce dans son foyer.

Il ne doute pas de moi, lui. En bon dominant qui s'octroie sans efforts la femelle d'un plus faible, il m'identifie à lui ; il me fait confiance pour remplacer le type de la 22 que décidément personne n'a l'air d'aimer. Sauf que… Moi je suis un rejeté de naissance, mon Jules. On ne fonctionne pas de la même manière. Je me fais discret dans ma cachette et j'attends mon heure. C'est toi que j'envoie en première ligne.

Je prends sa laisse, je le redescends et je tente de le tracter sur les Planches en direction de l'hôtel. Mais il a senti le coup fourré. Ses griffes coincées dans les interstices, il freine des quatre pattes.

– Un souci ? s'inquiète Maurice qui part dessiner, la bêche sous le bras.

Je lui décris le problème. Il me dissuade d'insister.

– Vous irez le remettre à Alice en main propre, quand elle sera arrivée au Flaubert. Suivez son instinct : il la connaît mieux que vous.

Sans attendre mon avis, il détache la laisse du collier. Jules fonce comme un boulet se planquer dans la tour. Résigné, je rassure l'hôtelière par un texto, lui demande de me prévenir dès l'arrivée d'Alice : je lui ferai la surprise.

– Et sinon, s'informe Maurice, vous êtes bien installé ?

– Oui, c'est parfait. Merci encore. Si vous aviez juste un ou deux yaourts…

Comme je lui ai raconté la veille mes travaux bactériens, il s'empresse de sortir de son frigo les deux pots qui lui restent. Vitamia goût vanille.

– Ça conviendra ?

– Absolument. Il y a beaucoup de monde dans ceux-là.

– Ah oui ?

– *Streptococcus thermophilus* et *lactobacillus*

bulgaricus, entre autres. Les bactéries vivantes les plus réceptives.

— Elles vous répondent ?

— Elles réagissent à divers stimuli, oui.

Il me contemple avec un brin d'envie, soupire :

— Vous avez de la chance.

Et, bêche à l'épaule, il part donner de ses nouvelles aux indifférents du cosmos.

Trouville est complètement raccord. Les gens, l'ambiance, les perspectives, la lumière... Tout est conforme aux images que m'avaient suggérées les sons, le vent, l'iode, le grain des façades, le sable sous mes pieds, l'odeur de forêt descendant la colline sous la caresse du soleil ou les aiguilles fraîches du crachin... Tout est joli, joyeux, léger malgré la densité de la foule estivale. Et cette beauté me déchire. Ce mélange d'intimité villageoise et d'espace infini quand la mer se retire, cette rumeur qui s'éloigne à mesure qu'on s'enfonce dans la vase découverte, ce silence troué de mouettes et d'aboiements qui ne sont pas ceux de mon chien. Ces vacances qui ne seront plus les nôtres.

Bien davantage que les descriptions orales de Fred, c'est le bonheur de Jules retrouvant ses instincts de chasseur marin qui a meublé mes ressentis, d'été en été, qui m'a fait aimer ces lieux, ces heures, ce rythme... De l'hôtel à la plage, sans rues à traverser ni imprévus à gérer, il redevenait un chien libre, insouciant, normal, avec pour seuls objectifs la bouffe, le jeu, les bains, la bagarre et l'affection de sa maîtresse. Pourquoi ai-je cédé aux arguments d'Haussmann ? J'aurais fait du restant de ses jours d'éternelles vacances, une retraite heureuse où, à mon tour, j'aurais partagé avec lui mes émotions visuelles. Un chien d'aveugle n'est pas qu'une machine à guider. Une machine qui grippe lorsqu'elle ne guide plus. Haussmann a oublié de prendre en compte l'amour, les câlins, le rituel des glaces, les jeux – tous ces codes qui ne relèvent pas du dressage mais de la vie commune. De ce lien unique, irremplaçable, qui m'unit à Jules depuis sept ans.

Je n'ose pas en parler à Fred, qui ne me lâche pas d'un pouce en croyant que la solitude aggraverait ma déprime et qui, dès notre arrivée, m'a suivie pieds nus à marée basse – elle qui déteste se déchausser, marcher, nager, perdre son temps en dehors du casino. Je ne lui en ai pas parlé, mais ma décision est prise. Je la laisse entamer sa saison de roulette, retrouver ses partenaires de poker, et je rentre à Paris par le premier train. Je vais récupérer mon portable à la FFAC, je me procure l'adresse de l'aveugle à qui l'on a affecté Jules, je vais sur place et je *lui laisse le choix.* Tant pis si c'est égoïste, tant pis si je casse une relation naissante, tant pis si ça perturbe mon chien : je préfère assumer le conflit que me déliter dans le remords. Dans l'obsession d'avoir écouté à tort un mordu de l'efficacité, un gestionnaire de crise qui a fait l'impasse sur l'affect en attribuant Jules tel un meuble aux enchères. Et si son drame n'était pas de m'avoir perdue comme aveugle, mais de m'avoir perdue tout court ? D'avoir compris avant moi que je l'abandonnerais, car il ne m'était plus *indispensable* ? C'est cela, et non le chômage technique, qui risque de le faire mourir de chagrin.

Comment ai-je pu me laisser persuader qu'à ses yeux un non-voyant chasserait l'autre ? Jamais je ne pourrai avoir d'autre chien, moi. Et Jules est si conditionné à mes envies, mes perceptions, mes réflexes, que fatalement il réagit encore en fonction de moi, même à distance. Haussmann a tout faux, j'en suis sûre à présent. L'attitude égoïste de ma part, c'est justement celle qu'il a préconisée : couper les ponts. Si vraiment mon chien s'est cru abandonné, le seul moyen de l'aider à créer une nouvelle relation d'assistance avec un tiers, c'est de lui montrer que je

l'aime toujours, que tout va bien, que je l'autorise à
se consacrer à un autre.

– Bon, on va peut-être aller dîner, non ? suggère
Fred en cachant son accablement sous un tonus de
cheftaine. Je ne sais pas toi, mais les sables mou-
vants, ça creuse.

On fait demi-tour. Je ne pensais pas qu'on était
allées si loin. Une des facultés que j'ai perdues en
retrouvant mes yeux, c'est le sens de la durée. L'évaluation des distances. Trouville, ses maisons minia-
tures et sa colline boisée ressemblent d'ici à ces villes
en carton où je passais mes dimanches d'enfance,
quand la météo m'empêchait de sortir. Je construi-
sais à coups de ciseaux, de pliures et de colle des rues
bien proprettes que je piétinais avec une violence
jubilatoire dès qu'elles étaient achevées. Je n'aime
pas trop l'être humain que j'étais avant la nuit de
mes dix-sept ans. Et j'ai l'impression que c'est son
reflet que je retrouve dans les glaces.

– Ça va te faire du bien, ces quinze jours ici,
décrète Fred sur un ton sans réplique.

Envie de m'enfuir. Je regarde ma montre. Son
cadeau de guérison, une Cartier en or blanc. Dès
qu'on arrivera au restaurant, je ferai mine d'aller aux
toilettes. Je laisse un mot à la caisse et je me barre
en courant : un taxi sur la place du Casino, la gare,

le 19 h 50. Pardon, Fred. Mais je préfère te blesser de cette manière que par des mots ou du silence. Au moins, tu auras une vraie raison de m'en vouloir. Ou de me comprendre. Je l'ai su dès qu'on est entrées dans la 22 : je suis incapable de passer une nuit à Trouville sans mon chien.

Je n'ai jamais aussi bien travaillé de ma vie. Entre scoliose et torticolis, ressorts qui me trouent les fesses et vents coulis, j'ai l'esprit clair, convaincant, retors. Je ponds à la chaîne des notes d'intention politiquement imparables, des perspectives de profits auxquels l'industrie pharmaceutique ne saurait résister. Les solutions techniques se marient aux applications inédites, aux slogans percutants.

À 18 h 40, Jules commence à s'agiter. Et ce n'est pas la fermeture imminente du poste de surveillance lui rendant l'accès libre à la mer qui le met dans cet état. L'anxiété fébrile, me semble-t-il, l'emporte largement sur l'excitation. Mais je ne peux pas m'interrompre. Il gratte au poteau de la rampe. Il ramasse sa laisse avec ses dents, me regarde fixement. Puis il la repose, et va fouiller dans mon sac à dos pour prendre son harnais. Il vient le déposer à mes pieds, attend. Aboie. Attend.

Je perds le fil de mes idées en suivant malgré moi son raisonnement : le harnais, c'est son identité de travail, sa fierté, son aide-mémoire auprès d'Alice. Ça le rassure d'être conforme à leur dernière fois. Moi, c'est le contraire. Pas question de réactiver le vendeur de macarons. Place à l'homme d'avenir, à l'inventeur, au sauveur de la planète.

Je reprends ma saisie, aussi fébrile que lui, j'essaie de me mettre dans la peau d'un industriel ou d'un banquier que mes arguments font saliver. Oui, rendre les emballages biodégradables coûte dix fois plus cher que d'ajouter simplement trente pour cent de sucre lors de la fabrication des sacs en plastique, afin qu'ils puissent être désagrégés par mes bactéries en trente-six heures au lieu de quatre siècles. Je relis mon argu à voix haute, analyse son impact sur un cerveau pragmatique. Trois aboiements déchirent l'écho de ma synthèse.

– Calme !

Il se tait, immobile, puis vient poser les pattes avant sur mes notes.

– Couché !

Il étend ses bajoues sur le clavier. Je le repousse, excédé.

– Pas bouger ! Ta place !

Il me regarde avec une incompréhension absolue.

Il va jusqu'à l'échelle, tend la patte vers le vide pour m'indiquer où aller. C'est là-bas, sa place. A l'hôtel où Alice vient sans doute d'arriver.

– J'ai dit : couché, Jules !

Il est revenu vers moi, la queue basse, en gémissant. Il a tourné dix fois sur lui-même avant de s'étendre en rond au pied de ma table, pour me fixer de ses yeux implorants. Je redescends sur mon écran. Je ne suis pas prêt, mon vieux. Je dois finaliser ce dossier, aller vers Alice dans l'élan d'un projet enthousiasmant, et non pas sous l'apparence du gentil minable qui a tout perdu à cause de son chien.

Il a fermé les yeux, renoncé à me presser. Son museau s'est allongé sur ses pattes croisées. Ou il comprend mes raisons, ou il partage mon trac. Autant retarder le moment du verdict. La peur de se faire jeter. De regarder la réalité en face. La pire des réalités possibles, pour l'un comme pour l'autre : Alice est rigoureusement monogame, et elle a pris un nouveau chien.

Je relève le nez. Jules aussi. On est incapables de se concentrer, en fait. Incapables de se soustraire à l'échéance, de faire l'impasse, le vide et l'abstraction. Je sauvegarde mon dossier, éteins l'ordinateur.

C'est alors que je découvre le texto sur mon smart-phone : *J'étais en rendez-vous avec des fournisseurs,*

JULES

pardon. On me dit qu'elle est arrivée il y a plus d'une heure. Elle est ressortie. Bon courage.

Je bondis sur mon blouson, présente son harnais à Jules qui n'en veut plus. Il a changé d'avis. Il se montrera tel qu'il est à présent, sans se raccrocher aux souvenirs. Libre, autonome, errant. Comme moi. Je ne sais si je fais de l'anthropomorphisme ou si c'est mon travail intérieur qui l'a influencé. Mais on semble soudain animés de la même détermination, sous-tendus par le même espoir. Si je suis un homme nouveau, il sera un chien neuf.

On se fait beaux. Je le brosse avec mon peigne, puis je me recoiffe sans retirer ses poils. Chacun prend l'odeur de l'autre ; on sera indissociables.

Il descend l'échelle en premier, et on quitte la villa Mariposa par le jardin de gravier surplombant la mer. Il marche la tête haute sur les Planches, sans traquer d'odeurs, sans chercher de piste. Il sait où il va, et je me maintiens à sa hauteur comme si je le savais aussi.

Après une demi-heure de soupirs exténués entre les suçons de vase et les crissements de coquilles, Fred se laisse tomber sur une chaise paillée du Galatée, notre cantine au bord des Planches. Tous ces couchers de soleil flamboyants qu'elle m'a décrits par le menu à la table 14... Elle n'aura plus besoin de parler la bouche pleine, désormais. Fini l'aérophagie et l'agacement des tables voisines. J'ôte mes lunettes noires, les pose sur la nappe entre nous.

– Sacrée balade. Merci, Fred.

– Tu es contente ? Tu as fini de faire la gueule ?

– Je ne fais pas la gueule. Je pense à Jules, c'est tout. Il ne te manque pas, toi ?

– C'est toi qui me manques. Je te sens tellement absente... C'est pire qu'à Paris. A Paris tu étais dispersée, tu regardais les autres. Sur le bateau, tu me fuyais. Ici, même pas. Je suis devenue transparente.

Sa voix s'est nouée. Elle rafle brusquement mes lunettes noires, les chausse en manquant s'éborgner avec une branche. Impossible de partir sans rien dire, de l'abandonner comme j'y songeais tout à l'heure. Il faut que je trouve les mots.

– Pardon, Fred. Je ne suis plus moi-même, je sais. J'ai besoin de retrouver mes marques, j'ai besoin de temps…

– Et moi je n'en peux plus de me voir dans tes yeux ! Je me sens moche, je me sens vieille, je me sens de trop… Mais c'est pas grave. Allez, on commande ! enchaîne-t-elle gaiement pour fermer la parenthèse, avec ce sens du dérapage contrôlé qui me plaisait tant autrefois.

La serveuse s'approche à son troisième claquement de doigts.

– Vous êtes nouvelle, vous Colette n'est pas là ?

– Qui ça ?

– La patronne.

– Ben non. Pourquoi ?

– Laissez tomber. Trois douzaines d'huîtres et deux soles. Une meunière, une grillée. Et un sancerre blanc.

– Ça marche.

J'attends que la fille aille taper la commande sur son écran et je constate, pour la forme :

– Tu ne m'as pas demandé si j'avais envie d'autre chose.

– C'est le genre de question que je préfère éviter.

Elle me sourit, suave, comme souvent lorsqu'elle vient de balancer un aveu qu'elle regrette. Je ne sais comment enchaîner. Comment faire revenir entre nous cette douce connivence sans détour qui me manque et ne me suffit plus. Elle remonte mes lunettes dans ses cheveux. C'est fou comme ses yeux sèchent vite.

– Moi, je sais ce que je ne veux pas, Alice. Passer pour une bouée auprès de nos relations. Une vieille bouée qui s'accroche. Je ne supporte pas que tu inverses les rôles. Que tu leur donnes l'impression d'avoir pitié. Ce qu'elles disaient dans mon dos *avant*, ça ne me gênait pas.

– Elles disaient quoi, Fred ?

– J'ai du bol que tu sois aveugle, je profite de la situation pour me taper une beauté que je ne mérite pas, *etc.* Ça m'allait très bien, c'était parfait pour mes affaires. Le contraire, jamais ! La pitié, le côté redevable, jamais ! Ou tu restes avec moi pour de vraies raisons, parce que je te rassure et que les autres te font peur, ou je te quitte. Dans ma position, je peux avoir toutes les filles que je veux, tu le sais. Je t'aime comme avant, mais toi je ne supporterai jamais que tu fasses semblant.

Je prends ses mains entre les miennes. J'espère que ma voix sonne juste :

— Je ne fais pas semblant, Fred. Je ne sais plus où j'en suis, c'est tout.

— A un carrefour. C'est normal. Mais décide-toi vite. Les giratoires, c'est pas mon truc.

On desserre nos doigts pour laisser la place à la corbeille de pain. Elle demande du beurre, des crevettes grises et des bigorneaux. Puis, sans transition, elle se met à parler de mon avenir. Elle me rappelle qu'on dîne avec trois de ses clients au Normandy, après-demain.

— Si tu renonces à la peinture, tu peux devenir modèle. Un coup génial à faire, ça serait une campagne pour Afflelou. Je vois d'ici l'accroche : « Même les anciens aveugles ont besoin de lunettes ! » Et on couple ça avec une campagne de sensibilisation pour les dons de cornée. Je suis sûre qu'Alain me suivra. Tu es partante ?

Je dis pourquoi pas. Je suis si contente de la voir reprendre du poil de la bête, redevenir comme avant, cynique et généreuse, roublarde et craquante. Elle a raison : il ne faut pas inverser les rôles. C'est elle qui mérite mieux. Je suis une jolie fille comme une autre, c'est tout. Sortie de mon handicap, je n'ai rien d'intéressant, je le sais bien. Elle peut se donner le mal qu'elle veut, elle ne fera jamais d'étincelles avec moi. Je n'ai pas le profil. Je n'ai pas d'ego, je n'ai pas de vrai talent, je n'ai pas d'ambition à part l'autonomie, le bonheur et la franchise. Je vais la décevoir très vite et c'est elle qui décidera de me quitter. Au moins son orgueil sera sauf; son image de tueuse en ressortira intacte auprès de ses relations – je déteste ce mot.

J'ôte la mie de mon pain, je fais des boulettes pendant qu'elle s'énerve pour le vin qui n'arrive pas. La reconnaissance et l'ingratitude s'affrontent en moi. La stabilité que je lui dois et l'envie de prendre le large Elle n'est pas ma bouée, non. Elle est mon ancre.

J'imbrique mes doigts dans les siens.

– Je tiens à toi, Fred. Comme avant.

– Rien n'a changé, alors? lance-t-elle sur le ton du sarcasme.

– Tout a changé, sauf toi.

– C'est une qualité ou c'est un reproche?

– Laisse-moi le temps de gérer ce qui m'arrive, c'est tout.

Un chien couine dans mon dos. Je sursaute à chaque aboiement depuis notre arrivée. Là, j'évite de me retourner, par délicatesse envers elle. C'est sa tête figée qui soudain m'alerte. Sa pique à bigorneaux en suspens au-dessus de l'assiette. Et puis la voix. La voix dans mon dos :

– Excusez-moi...

Je ferme les yeux. Je ne bouge pas, submergée par l'émotion. Garder une seconde encore l'image mentale qui m'est revenue de plein fouet. Le coup de théâtre insensé qui ne peut être qu'un faux espoir, une ressemblance vocale, l'influence du dernier souvenir marquant de ma vie *d'avant*...

La patte se pose sur mon genou. Le museau sur ma cuisse.

Spontanément, il lui a fait la fête. Puis il a reculé, le regard en dessous. La peur de se faire gronder. Ou un retour de rancune. Moi, tout ce que je voyais, c'était la main qu'Alice tenait entre les siennes. Je comprenais brusquement le ton décalé du Dr Haussmann m'assurant qu'il n'y avait pas «d'homme dans la place». Ce connard de chien avait foutu ma vie en l'air pour que je vienne me jeter dans les bras d'une lesbienne.

– Tu le connais ? lui a demandé l'autre femme.

Elle me toisait comme l'avait fait le goéland de la 22. Les yeux pochés, les joues creuses, le menton ferme et les cheveux peroxydés frisant sur un sweat mauve, c'était une synthèse entre Françoise Sagan et Michel Polnareff.

– Oh oui, je le connais…, a murmuré Alice en me souriant comme si mon visage lui était familier. Monsieur Macaron.

Et elle s'est jetée dans mes bras pour me cribler de questions :

— Mais comment c'est possible ? Comment vous êtes là, comment vous m'avez retrouvée ? Mon numéro de Carte bleue ?

Son corps plaqué au mien, je ravalais avec une ironie amère coup de foudre, fantasmes et compagnie. Jules s'est mis debout, une patte sur chacun – joie de la mission accomplie ou peur d'être exclu. Elle s'est écartée pour me dévisager, faisant retomber le chien. Ses yeux étaient une tuerie. Depuis notre rencontre où les verres noirs ne laissaient rien deviner, je leur avais prêté bien des couleurs. Je leur avais essayé du gris, du bleu, du vert, du violet... Je n'avais pas pensé à ce jaune pailleté. Mais déjà elle s'impatientait devant mon silence :

— Qu'est-ce qui s'est passé ? Qu'est-ce que vous faites ensemble ? Il y a eu un problème avec son... son maître ? Il s'est sauvé, vous l'avez... ? Ne me dites pas que vous l'avez volé ! Mais asseyez-vous... Mon amie Fred. Alors ?

Il émanait d'elle un poignant mélange de panique et d'enthousiasme. Un effroi joyeux. J'avais devant moi une gamine toute neuve dans un corps de déesse, et l'émotion me nouait la gorge. Le chien nous observait tour à tour d'un air inquiet, bouchant le passage, enjambé par les serveurs qui nous faisaient des réflexions.

– Enfin, dites quelque chose ! s'est énervée son amie.

J'ai dit que j'étais garé en double file, qu'on m'attendait pour dîner, et j'ai donné à Alice l'enveloppe que l'hôtelière m'avait dissuadé de lui laisser dans le casier de la 22. J'ai précisé malgré moi qu'elle y trouverait le récit de mes déboires, mais que, pour elle et Jules, tout était bien qui finissait bien. J'ai ajouté bon appétit et j'ai tourné les talons.

Au moment où j'atteignais la sortie du restaurant, le chien m'a doublé en renversant un plateau de fruits de mer, et s'est couché en travers de la porte.

– Dégage, s'il te plaît, Jules…

Il me défiait en couinant. Comme si j'allais tomber dans le vide si je ne lui faisais pas confiance. L'attitude qu'il avait dû avoir cent fois avec Alice. Alors j'ai réagi d'une manière dont j'ai honte aujourd'hui encore, mais qui pourtant demeure une des rares fiertés de ma vie. Là où la cravache lui avait meurtri l'arrière-train, je lui ai balancé un coup de pied léger, désinvolte, humiliant. Le genre pousse-toi tu gênes. Il s'est relevé d'un bond, m'a lancé un dernier regard, un regard à fendre l'âme. Et il est retourné vers la table de ses maîtresses.

Moi qui n'avais jamais été à même de choisir, je venais de l'aider à trancher.

Fred voulait le rattraper. Je l'ai retenue. Je me suis rassise, et j'ai ouvert les bras à Jules qui marchait vers la table. Il s'est dérobé à mon étreinte, s'est couché sous ma chaise. Comme si je n'étais qu'une position de repli. Macaron l'avait abandonné, lui aussi, alors il me revenait.

Mes doigts tremblaient en décachetant l'enveloppe. *«A l'attention d'Alice Gallien, chambre 22.»* Les mots vacillaient sous mes yeux. L'émotion, le soleil couchant que j'avais trop fixé – je n'arrivais plus à accommoder.

– Tu veux ?

Elle me tendait la main. Je lui ai passé la lettre. Elle a déclamé, monocorde :

– «Bonjour, Alice Gallien, je m'appelle Zibal de Frèges. Nous nous sommes rencontrés à Orly le jour de votre départ pour Nice. Tout d'abord, je me réjouis que votre opération ait si bien réussi. Mais je dois vous informer que, pour des raisons qu'il ne m'appartient pas de juger, votre labrador, maltraité par son nouveau non-voyant, a fugué afin de venir me retrouver à l'aéroport. Retrouvailles assez dévastatrices pour le stand Ladurée, au demeurant, ce qui m'a permis de renouer avec mon vrai métier, la recherche scientifique. Tout va bien pour moi, donc, je vous rassure. Quant à Jules… Suite à diverses péripéties que je vous raconterai si vous avez envie de m'appeler au 06 01 22 28 13, il a été mis en retraite anticipée par le Dr Haussmann, et vous êtes à nouveau sa propriétaire. Je vous souhaite à tous les deux le plus grand bonheur possible – il le mérite. C'est son flair et son amour qui l'ont guidé jusqu'ici : je me suis contenté de le suivre. Abstraction faite de quelques petits incidents ponctuels, je suis content et fier qu'il m'ait choisi comme accompagnateur. Voilà. A bientôt, j'espère. De tout cœur. » Signé : Z.

Sous la raideur atone de la lecture surgissaient les différents visages que je lui avais prêtés avant de le découvrir si simple, si beau dans sa dignité paumée, son décalage, sa détresse. Fred a replié la lettre, l'a remise dans l'enveloppe qu'elle a posée entre nous en me glissant, les yeux dans les yeux :

– Je ne suis pas vraiment sûre d'apprécier.

Pour me donner une contenance, j'ai appelé Jules. Le désarroi qu'il a perçu dans ma voix l'a fait sortir aussitôt de sa planque. Je l'ai enlacé de toutes mes forces, sans retenir mes larmes.

– Tu m'as tellement manqué, mon chien… Je n'en reviens pas que tu sois là ! On va être bien, tu vas voir, on va s'inventer une nouvelle vie… Tout ce que je pourrai découvrir avec toi maintenant, tu te rends compte ? Et puis attends, y a des tas de nouveaux trucs que tu auras le droit de faire…

Comment peut-on être si sincère et s'entendre parler si faux ? Il a descendu les pattes de mes cuisses et posé son museau sur mon genou, prêt à recevoir mes ordres, à exaucer mes vœux, à assurer l'intendance, le transport, la sécurité – comme avant. Comme toujours. Mais je le sentais froid. Professionnel, c'est tout. On faisait semblant de se reconnaître, mais il manquait quelque chose entre nous. Quelqu'un.

– Non, parce que bon, a relancé Fred. Faut pas non plus qu'il nous prenne pour des bûches, le Monsieur Macaron. Il serait venu te rapporter ton chien comme ça, gratuitement, dans un élan de boy-scout, sans rien te demander en échange ?

J'ai murmuré :

– Faut croire.

– Te fous pas de moi, OK ? Tu as vu comment il te regarde ? Il sait qu'on est en couple, Haussmann et la patronne du Flaubert n'ont pas dû se gêner pour dauber sur moi, et tu l'as vu : il fait comme si je n'existais pas. On dirait ton chien. Bonjour quand même, Jules.

D'une petite poussée discrète, je l'ai incité à la diplomatie. Il est allé faire ses civilités. Elle lui a tendu un morceau de pain beurré. Il s'est tourné vers moi. Dès que je lui ai permis d'accepter, il a dévoré le quignon.

– Je vois qu'au moins, de ce côté-là, rien n'a changé, a soupiré Fred. Donc, disais-je, ce mystérieux chevalier servant, qui passe sans transition du rayon pâtisserie à la recherche scientifique, sait très bien que tu lui es à jamais redevable, et il attend que tu fasses le deuxième pas. Très fort, le mec. Et pas du tout mythomane. Il te plaît ?

Je n'ai pas répondu. Son agressivité, sa mesquinerie face à la bonté hallucinante qui rayonnait de cet homme, je les comprenais mais je ne les admettais pas. J'ai répliqué :

– Quand je t'ai raconté comment il a sauvé Jules de la soute, tu as dit que j'exagérais son rôle. Tu vois bien que non.

– Remarque, je me mets à ta place. Le genre seigneur du désert, le petit côté beur de sang bleu, Cendrillon qui joue les princes charmants, y a de quoi te réconcilier avec les mecs. Bon, je n'ai plus faim, d'un coup, c'est curieux. Si tu as besoin de moi, je suis au casino. Comme ça, tu peux l'appeler tranquille et vous profiterez de la table : vous avez douze mille choses à vous raconter, non ?

Je lui ai bloqué le poignet pour la forcer à se rasseoir. J'ai martelé à mi-voix :

– Un : il est invité chez des gens, il t'a dit. Deux : c'est avec toi que je dîne. Trois : je te rappelle que je suis sans portable.

Avec un sourire en coin, elle a composé un numéro sur son BlackBerry, puis l'a poussé vers moi.

– OK. Envoie-lui un texto pour déjeuner avec lui demain : j'irai faire un poker.

Jules m'a réclamé une caresse. La tension, la rancune peureuse qu'il me témoignait à juste titre étaient en train de se dissiper, je le sentais, et avec elles l'oppression dans ma poitrine. La main gauche entre ses oreilles, j'ai posé la droite sur le téléphone de Fred. Et je me suis entendue dire :

– Tu me dictes ?

Je crois que ça l'a émue autant que moi. Elle a improvisé d'une traite :

– « Cher Z, virgule, je viens de lire votre lettre et je n'en reviens pas de ce que vous avez fait, point. Ne me répondez surtout pas sur ce numéro qui est celui de mon amie Fred, deux points : si vous êtes libre demain à 13 heures, virgule, laissez-moi un message à l'hôtel Flaubert et on se retrouve au Galatée. » Tu ajoutes un smiley ou tu l'embrasses, au choix. Comme ça tu l'encourages à sortir ses batteries, et on saura à quoi s'en tenir.

J'ai envoyé le texto, sans la quitter des yeux. Elle avait composé un faux numéro s'achevant par 12 au lieu de 13. Je préférais ne pas relever. Acte manqué ou stratégie à deux balles, je trouvais cela touchant. Inutile de blesser son orgueil une fois encore. J'appellerais de l'hôtel.

Comme s'il sentait que j'allais lui rendre son bienfaiteur, Jules s'est mis à me lécher la main. Je l'ai embrassé en respirant de tout mon cœur son odeur de noisette et d'algues qui m'avait tant manqué.

Zibal de Frèges. J'aimais bien ce nom. Ça lui ressemblait, même si j'avais du mal à ne plus l'appeler Macaron. En trois semaines, on prend le pli. On s'habitue à ce qu'un surnom déclenche des sensations que ne provoque pas le vrai patronyme de la personne.

– Alice… Un mec dans ce genre, tu pourrais y aller ?

La trivialité de sa formulation et son feint détachement m'ont déstabilisée plus que de raison. Dans un réflexe de délicatesse, j'ai dit :

– Gentil comme ça, il doit être gay.

– Ne rêvons pas.

Le sommelier est venu lui présenter le vin. Avec une élégance magnanime et triste, elle lui a répondu :

– C'est madame qui goûte.

En regagnant la villa Mariposa par l'intérieur des terres, à travers les rues bruyantes de gosses et de mouettes, je passais d'une seconde à l'autre de l'exaltation au remords, de la fierté à l'autodérision. Je me trouvais tour à tour héroïque, suicidaire, lâche, admirable et nul. Le charme inaccessible d'Alice Gallien me trouait le cœur. Le ridicule de ma situation. Le dérisoire de mon sacrifice. Ce gâchis. Cette réaction de dépit camouflée en abnégation. Cette cruauté envers Jules.

Mais, sitôt replongé dans mes dossiers, dominant les lumières de Trouville au sommet de mon donjon battu par les vents, j'ai compris que le destin m'avait simplement apporté ce que j'avais demandé. Retrouver un sens à ma vie. Inverser la spirale de l'échec, reprendre confiance dans mon savoir et mes idées. Rompre avec le confort amer des illusions perdues.

Etait-ce un hasard si la personne qui avait mis à ma disposition ce bureau extraordinaire était comme moi un solitaire en quête d'impossible, un obstiné qui livrait à la marée son chef-d'œuvre quotidien, un ouvrier du rêve qui n'intéressait personne ? Ce n'est pas vers une histoire d'amour que m'avait mené l'instinct du labrador, c'est vers un lieu de travail, d'inspiration, de reconquête, *via* ma rencontre avec son vieux copain de la plage. Tout a un sens, pour peu qu'on ait un but. Le hasard sourit aux gens préparés, comme dit le proverbe arabe. J'avais le cœur lourd, mais l'esprit clair. Je renouais avec moi-même, au service d'un idéal qui redevenait transmissible.

Mon smartphone a vibré. Un numéro commençant par 02 ; ça devait être le Flaubert. L'appel s'est interrompu à la deuxième sonnerie. J'ai attendu quelques instants devant l'écran. Pas de message. J'ai hésité à rappeler Alice, et puis j'ai respecté son changement d'avis. Je me suis remis au travail, torse nu dans la touffeur de la tour.

*

Des coups m'ont réveillé en sursaut. Un rayon de soleil touchait ma joue sur le clavier. On tapait à la porte avec insistance, au bas de l'échelle.

– C'est nous !

Je me suis déplié d'un coup. Ma tête a heurté une poutre. Sous le choc, je me suis raccroché à la table qui a basculé. J'ai rattrapé *in extremis* l'ordinateur et les papiers.

– C'était ouvert, on peut monter ?

– Oui, oui…

Le temps que je me dégage de la véritable cage en bois que constituait la charpente, Jules apparaissait en haut de l'échelle. Il portait un sachet de croissants dans la gueule. Alice suivait, en jogging bleu, tenant un gobelet fermé par un couvercle en plastique.

– Je sais par expérience que le café de Maurice est imbuvable. Bien dormi ?

Je bataillais avec les manches de la chemise que je venais d'enfiler. Elle s'est arrêtée net devant les deux yaourts branchés sur électrodes.

– C'est la recherche scientifique dont vous parliez ?

– Absolument, ai-je bredouillé en reboutonnant mon jean.

Et j'ai calmé les battements de mon cœur en lui désignant le tracé de l'électroencéphalographe. Je lui ai montré comment les bactéries lactiques avaient réagi à son entrée dans le pigeonnier. Un pic aussi significatif que celui du yaourt A quand je donne du sucre au yaourt B.

– Il est jaloux ?

– Non, il perçoit. Comme les animaux et les arbres ressentent notre état émotionnel et nos intentions. La « perception primaire » – l'interconnexion des bactéries, si vous préférez – a été démontrée dès les années 1970 par l'ingénieur Cleve Backster. J'ai refait ses travaux : je confirme.

Je suivais sur son visage les allers-retours entre la malice et la perplexité. Elle croyait que je disais n'importe quoi, mais elle sentait bien ce qu'il y avait derrière les mots.

– Dois-je comprendre que vos yaourts me calculent ?

– Ça n'a rien d'étonnant : nous sommes nous-mêmes composés à quatre-vingt-dix pour cent de bactéries.

Elle en a pris acte par un claquement de langue. Et elle a conclu :

– Ça ne m'étonne pas que Maurice vous apprécie. Je suis très cartésienne, moi, pardon.

Je me suis empressé de répondre :

– Moi aussi. Descartes est le premier à avoir étudié, en 1646, l'influence de nos émotions sur le hasard.

– Ne me dites pas que vous êtes joueur, vous aussi !

Elle a rougi d'un coup. Je savais pourquoi, mais je n'ai rien montré. Je me suis contenté de répondre que je n'avais pas les moyens. Elle a changé de sujet très vite :

– J'ai arrêté mes études après le bac, malheureusement. Vous avez suivi quelle filière ?

– Taupe, Sciences po pendant six mois, et puis Agro, ENSIA, biologie, astrophysique... J'ai soutenu une thèse sur la thermodynamique des trous noirs, et là, j'en préparais une sur la transformation des bactéries en agents dépolluants.

Sous-entendu . plus rien n'existe quand je vous regarde et si seulement vous aimiez les hommes... Son sourire incertain m'a donné un supplément de salive.

– Mais ma seule expérience professionnelle, c'est avec les porcs. Améliorer leurs conditions de vie abominables en supprimant leurs nuisances. Je les aimais beaucoup.

– Il a dû le sentir.

Elle malaxait le crâne de Jules, qui restait concentré sur les croissants au bout de son museau.

– Je voulais vous remercier pour lui. Et puis... je n'ai pas eu le choix, en fait : il m'a traînée ici directo.

Elle m'a tendu le gobelet de café. Il était bouillant, je l'ai posé sur la table. J'ai vu qu'elle regardait le lit de camp, la couverture au carré que je n'avais pas dépliée. Petit temps de flottement. Je lui ai dit qu'à propos, j'avais quelque chose pour elle, moi aussi. Je suis allé fouiller dans mon sac à dos, j'ai sorti son iPhone.

– Le Dr Haussmann m'a demandé de vous le rendre, si jamais je vous voyais avant lui.

– Je sais. Je l'ai appelé de l'hôtel, hier soir.

– Ah. Il vous a dit.

– Il m'a dit.

Je lui tendais le portable. Elle gardait les mains dans son jogging. La droite a eu un frémissement. Comme si je répondais à un signal, j'ai glissé le téléphone entre sa paume et la doublure de la poche. Le contact de mes doigts sur sa cuisse lui a déclenché un haussement de sourcils. J'ignorais s'il fallait l'interpréter comme un reproche ou le constat d'une sensation. On était face à face, à vingt centimètres de distance. Elle sentait mon hésitation, je percevais sa réserve.

Jules a gémi, dents serrées sur son sachet de croissants, pour attirer mon attention. Il avait l'air de me demander pardon pour le coup de pied que je lui avais donné la veille. Alice a dû se méprendre sur mon émotion ; elle a senti le besoin de préciser :

– Enfin, quand je disais « directo »... On a fait un crochet par la boulangerie : il ne voulait pas arriver la gueule vide. Il vous a causé quelques soucis, d'après ce que j'ai compris. Ce n'est pas trop grave, les «incidents ponctuels» dont vous parlez dans la lettre ?

Pour détourner ma gêne, je me suis accroupi devant le labrador.

– C'est moi qui lui dois des excuses. Je n'ai pas voulu m'imposer à votre table, hier soir, et j'ai été un peu brutal.... Pardon, Jules.

J'ai avancé la main. Il a cru que je voulais lui prendre les croissants, et il a fait un saut de côté pour jouer. Je me suis relevé, privé d'appui. Je suis revenu dans les yeux d'Alice. Elle a replongé les mains dans ses poches et relevé le menton.

– En fait, non, Monsieur Macaron, je ne suis pas là par hasard... Désolée, j'ai du mal à vous changer de nom.

Elle a fait un pas dans ma direction. J'étais déstabilisé par sa manière de me fixer pour ne rien perdre de mes réactions, de mes sentiments, de mon trouble. Quand on est resté si longtemps sans voir, je suppose qu'on oublie la politesse des yeux. On ne pense plus à détourner le regard.

– Vous savez, Zibal de Frèges, il y a une chose terrible pour un chien. C'est quand il vous rapporte un bâton et que vous n'en voulez pas.

Mon cœur est reparti en vrille. Conscient de mon ridicule, j'ai demandé qui de nous deux était le bâton.

Elle s'est collée à moi, doucement, a posé les mains sur mes épaules pour attirer mes joues vers sa bouche.

— Merci de lui avoir évité la soute. Merci de me l'avoir rendu.

Un baiser sur ma joue droite, un sur la gauche, pour ponctuer les deux prouesses de mon existence. Je sentais son parfum de jasmin par-dessus l'odeur de ma sueur qui n'avait pas l'air de l'incommoder. J'ai répondu :

— Merci à vous d'être ici, Alice.

Je lui ai pris doucement la taille, j'ai avancé mes lèvres. Elle a éloigné sa bouche par une cambrure. Délicieuse manière de me repousser en collant son ventre au mien.

— En fait, je ne suis pas du tout venue pour ça.

— Je préfère. Après, je me fais des idées, je perds mes moyens et je culpabilise.

— «Après»... quoi?

— Après... les élans que j'interprète de travers.

Sans se détacher, elle a demandé :

— Et ça vous arrive souvent?

— Non, heureusement. Ce n'est pas si fréquent, ce genre d'élans.

Elle a mordu son sourire. La diplomatie qui avait baigné mon enfance était restée sans influence sur mon caractère, mais là je donnais libre cours, avec un parfait naturel, à une rouerie délicieusement Quai d'Orsay. Tout en laissant mes mains ponctuer mon embarras sur ses hanches, je lui ai confié combien j'étais timide parfois avec les femmes. Elle a fait marche arrière :

– Non, quand je vous ai dit que je n'étais pas venue pour «ça», je voulais juste préciser…

Elle s'est arrêtée quand mon nez a touché ses lèvres, presque par inadvertance. J'ai achevé à sa place :

– … que c'est le chien qui vous a conduite ici de son propre chef.

Elle s'est cabrée :

– Pas du tout. Je lui ai dit : «Cherche», et il vous a trouvé.

J'ai pris cela comme un signe d'ouverture. Très lentement, mes mains ont remonté son dos jusqu'aux épaules pour redescendre vers ses seins. Elle ne faisait rien pour arrêter mes caresses. Elle n'y répondait pas non plus. Elle semblait à l'écoute de ses seules réactions, dont elle ne montrait rien. Si j'étais juste pour elle un homme d'essai, une expérience inédite avec quelqu'un de l'autre sexe, ça n'avait aucune importance. Je la caressais avec une douce tendresse, sans aucun prosélytisme. Je me tenais à disposition, c'est tout. Le cas échéant.

Elle a bloqué mes mains qui se faufilaient sous son

sweat. Pour m'empêcher de continuer ou pour prolonger le contact. Elle a murmuré avec une sorte de contrition mutine :

— En fait, je suis là à cause de Fred. Elle n'a pas fermé l'œil de la nuit. Moi encore, j'ai des boules Quies, mais elle est allergique. Jules grattait à la porte sans arrêt, il couinait, il l'a fait lever dix fois. Au début, elle a cru qu'il était malade… Eh non, c'est juste que vous lui manquiez. Alors voilà : je ne sais pas si vous avez trouvé le lit d'enfant très confortable dans la 22, il est à peine plus large que celui-ci, mais…

Elle a marqué un temps pour me laisser rougir à mon tour. L'hôtelière m'avait cafté ; il n'était pas nécessaire de jouer les innocents. Ni de corriger son erreur en avouant que j'avais couché à sa place dans le grand lit. Je me suis borné à répéter sa dernière syllabe :

— Mais ?

— … mais Fred demande si ça ne vous ennuie pas d'y redormir cette nuit.

J'ai accueilli la proposition avec d'autant plus de désarroi qu'elle paraissait sincère. Pour ne pas dire désintéressée. Alice ne cherchait pas autre chose. Un *doggy-sitter* pour soulager sa copine. Assurer la paix du ménage. Je me suis détaché. Elle m'a pris par les hanches pour me maintenir à dix centimètres d'elle.

– C'est un peu délicat de vous transmettre ce genre d'invitation, mais je sais que vous ressentez les choses. C'est un prétexte, le chien, bien sûr. Fred a beaucoup de mal avec moi, depuis l'opération... Elle pense qu'un homme comme vous sous le même toit, ça peut servir, je ne sais pas, de catalyseur... de repoussoir...

– Merci.

– Vous comprenez dans quel sens je le dis.

– Absolument. Je ferai de mon mieux.

– Ce matin, on a prévu shopping au marché de Deauville. Retrouvons-nous par hasard sur la plage, en fin d'après-midi. Fred a loué la tente 113, à vingt mètres du Galatée.

J'ai hoché la tête. Elle a reculé pour me sourire d'un air faussement sage. J'ai quand même glissé :

– Vous ne pensez pas qu'on joue avec le feu ?

– Si. On se réchauffe ou on se brûle. Ça vaut le coup d'essayer, non ?

L'anxiété confiante qui pétillait dans son regard était encore plus érotique que le contact de sa peau. J'ai répondu :

– D'accord. Dites à Fred que la proposition vient de moi.

– Non. Là, ça serait malvenu. Bonne journée.

Elle a redescendu l'échelle avec une souplesse de pompier. Jules a tourné la tête vers elle. Il a eu un temps d'hésitation, puis il a déposé le sachet de croissants à mes pieds, et il est reparti avec sa maîtresse.

Le crâne coincé dans le châssis de la lucarne côté Deauville, je les ai regardés s'éloigner sur les Planches avec une émotion presque oppressante. Toute ma vie, de la poubelle syrienne à cette tour normande, j'avais été *choisi*. Ça ne s'était jamais bien terminé, jusqu'à présent. C'était peut-être ma faute. Ma mère avait rêvé d'un fils qui éclipse l'infime carrière de son ex-mari et continue de fournir la trame de ses grandes sagas autobiographiques. Gwendoline m'avait rendu fou d'elle afin que je développe mon potentiel d'inventeur. Jules, lui, me faisait confiance pour que sa vie redevienne heureuse comme avant. Quant au vieux Maurice, il a reconnu en moi le fêlé en déshérence qu'il convenait d'abriter dans le pigeonnier d'enfance de ses rêves impossibles. Et voilà qu'une homo vieillissante m'invite à perturber son couple dans une ultime stratégie d'amoureuse en péril.

Il est temps que je me montre à la hauteur de ces choix. Ou du moins que je cesse de m'en croire la victime.

Qu'est-ce qui m'a pris d'improviser cette histoire ? La tête de Fred quand elle verra le sauveur de mon chien venir se pencher au-dessus de son transat pour la remercier de son hospitalité.

J'ai perdu la boule, en haut de cette tour. Son sourire paumé, ses yeux si tendres, son corps, ses mains sur ma peau, son sexe contre mon ventre... Comme s'il effaçait douze ans d'obscurité, de peur maladive, de rejet des hommes en général et des dragueurs en particulier. Fred avait été pour moi le plus efficace des remparts. Et voilà que je l'utilisais pour faire tomber la forteresse.

Je l'ai trouvée allongée dans la pénombre des volets clos, les jambes en chandelle, deux tranches de kiwi sur les yeux. Elle était si vulnérable, dans sa posture de yoga californien, que je lui ai avoué d'emblée les intentions que je venais de lui prêter. Ses jambes sont retombées sur la couette et les kiwis ont roulé au bas du lit.

— Je suis très subtile, dans mon genre, a-t-elle commenté. Merci. Du coup, je suppose que le macaron t'a déclaré sa flamme.

Je me suis jetée dans ses bras. Et c'est elle qui m'a consolée de l'envie que j'avais de la tromper.

— C'est rien, mon ange, c'est le destin... Je ne vais pas te garder sous cloche. S'il faut en passer par un mec pour ne pas te perdre, allons-y... Tout ce que je te demande, c'est de ne jamais plus me mentir, Alice.

— Je ne t'ai pas menti.

— Si. Tes yeux, chaque fois que tu me regardes. Allez viens, on va s'acheter des fringues. Ton chien déteste ça, je sais. Dis-lui de garder la maison et d'être sage.

J'ai répercuté la demande à Jules qui finissait d'engloutir les tranches de kiwi. Et je lui ai laissé la porte-fenêtre ouverte, pour qu'il puisse chasser le goéland sans la fracasser comme l'an dernier.

Dans la rue, tandis que Fred allait faire chauffer son antique voiture de sport qui, d'après elle, doit monter en température vingt minutes avant de pouvoir dépasser les cinquante à l'heure, je suis revenue au coin de l'hôtel. Sur notre balcon, Jules me tournait le dos. Les coussinets sur la rambarde, il lorgnait dans la direction de la villa Mariposa pour apercevoir Zibal de Frèges.

*

De l'habitacle assourdissant de la Maserati jusqu'au parking de Deauville, de boutique en étal, de maillots en chaussures, on n'a parlé que de lui. J'ai raconté à Fred tout ce que je savais de sa vie en dehors de Ladurée : les trous noirs, l'expérience professionnelle en porcherie, les yaourts à électrodes, les bactéries télépathes qui luttent contre la pollution – toutes ces pièces de puzzle assez difficiles à emboîter. Elle en a rajouté une :

– Prix Femina 1983.

Je suis tombée des nues.

– En plus, il est écrivain ?

– Non, lui c'était le sujet. *Zibal, l'enfant de la poubelle*. En le googlelisant pendant que tu allais te faire peloter dans son donjon, je suis tombée sur le site d'Eliane de Frèges. Sans vouloir te casser ton coup, avec une mère pareille, c'est de la graine de trav ou d'impuissant.

– Il cache bien son jeu.

– Anthony Perkins dans *Psychose*. Les chiens l'adorent.

– Je voudrais lui faire un cadeau. Tu as une idée de sa taille ?

– Manix standard.

– Non, sérieux. Ça lui irait bien, ce cachemire.

– Tu comptes le garder pour l'hiver ? Essaie-le avant, quand même, et on en reparlera.

Je l'ai serrée contre moi avec un bisou dans le cou pour qu'elle arrête de ruminer. Son portable a sonné. Quand elle a vu le numéro, elle s'est éloignée du marché pour répondre à l'ombre d'un arbre. J'ai vu son visage s'allonger.

Trois minutes plus tard, elle est revenue m'aider à choisir le pull, aussi sarcastique et ronchonne que tout à l'heure, mais le cœur n'y était plus.

– Un souci avec un client ?

– Oui, oh… Rien de grave. Bon, tu l'achètes ce pull ?

Je n'ai pas insisté. C'était la règle entre nous. Quand elle ne voulait pas aborder le sujet, je faisais mine de m'en foutre, et elle m'en savait gré. Elle avait vaincu son premier cancer à quinze ans : les oncologues n'en revenaient pas de sa résistance et lui en voulaient à mort de continuer à fumer – elle en avait d'ailleurs enterré quatre. Elle ne manquait jamais de rappeler ce palmarès quand elle animait une soirée caritative, tout en soulignant que son cas relevait moins du ministère de la Santé que de celui des Anciens Combattants. Moral d'acier, transfusion sanguine mensuelle, acupuncture, rallye Neige et Glace et Tour de France à la voile assuraient sa longévité. Les rares nuits où elle cédait à la déprime, elle m'ajoutait à la liste de ses raisons de survivre.

– Prends-lui le jaune cocu : il sera assorti à tes yeux.

J'ai acheté un blanc cassé, pour lui tenir tête comme si tout allait bien. Mais j'ai commencé à me dire que mon improvisation dans la tour avait peut-être quelque chose de prémonitoire. Oui, le dernier espoir de Fred était sans doute de pouvoir me récupérer après mon essai raté avec un homme.

– Tu tiens à moi, a-t-elle dit avant de redémarrer la Maserati.

– Oui, bien sûr.

– Ce n'était pas une question, c'était un rappel. Tu as le droit de faire ce que tu veux, Alice, sauf te mettre en danger pour quelqu'un qui ne le mérite pas. Ça, je ne le supporterai jamais. Va te baigner avec le chien, tout à l'heure, quand il nous rejoindra. Je veux être seule avec lui un quart d'heure.

Elle a quitté le parking en coupant la route à une voiture de flics. Lorsqu'ils ont mis la sirène, elle a sorti sa carte de don à l'Orphelinat de la police. Ça lui a coûté trois points, mais ils lui ont dit merci. Quand elle se raccroche à ce genre de provoc, je sais que le soir elle descendra une bouteille de Black Label et que je passerai une nuit blanche.

Oui, je tiens à elle Et tout à coup j'éprouve la peur panique qu'elle veuille céder la place, former quelqu'un, assurer sa succession. Me laisser en de bonnes mains – comme l'avait fait maman avec Jules.

– Il est où, son pull? demande-t-elle en arrivant à l'hôtel.

Je me rends compte que je l'ai oublié au marché.

– Tu veux qu'on retourne, Chou?

– Non. Je veux que tu m'appelles «mon ange».

Depuis les Planches, je les regarde se bagarrer dans les vagues de la marée montante, sans se préoccuper du haut-parleur qui leur rappelle pour la dixième fois que la plage est interdite aux chiens de 10 à 19 heures. Le quad du maître nageur sauveteur revient bredouille. Il informe son collègue à jumelles, planté sur le toit de l'Etablissement des bains, qu'il s'agit de Jules et de sa maîtresse aveugle.

— Faut pas pousser, Damien : elle y voit comme toi et moi ! On va encore se faire allumer par la mairie.

Je rassure les sauveteurs en passant : ils sont protégés par un vide juridique. Aucun article de la loi européenne de 2008 ne spécifiant que les autorités ont le droit de séparer l'aveugle de son chien en cas de guérison, le règlement est respecté.

— Merci, monsieur.

— A votre service.

La tente 113 est bleue à bandes rouges. Avachie sur le transat rayé dans un maillot de bain mi-cuisses qui doit être la tendance de l'été, l'amie d'Alice fume en lisant *Le Monde*. Le vent lui arrache des pages qu'elle laisse s'envoler dans une indifférence complète, et remet à leur place sans un merci quand des volleyeurs les rapportent. Je lui dis bonjour. D'un geste de sa cigarette en direction du transat voisin, elle m'invite à prendre place. J'ôte la cendre et m'allonge, la tête à l'ombre.

– C'est quoi, cette histoire de bactéries qui dépolluent ? me lance-t-elle en plaquant le journal sur son ventre.

– Ah bon, Alice vous en a parlé ?

– On évite les préambules. Y a un marché ?

– Gigantesque, oui.

– Exemple.

– *Deinococcus radiodurans* est capable de décontaminer les sites après un accident nucléaire. *Enterobacter* assimile tous les pesticides et les sacs en plastique, *Thiobacillus* digère les métaux lourds. *Paracoccus* transforme en oxygène les nitrates qu'elle digère...

– Et tu dis qu'elles font de la télépathie, en plus ?

– En plus. Quand on forme une bactérie à un travail spécifique, ses congénères l'imitent.

– C'est scientifique ou c'est brindezingue ?

— Ce fut brindezingue. Maintenant, c'est publié dans les revues à *referees* et c'est un enjeu majeur pour la planète. La France est en retard, comme d'habitude.

— Et toi, tu serais opérationnel ?

— Oui. Si je pouvais lever les fonds nécessaires...

— Ça, c'est mon job.

— C'est vrai ?

— On se calme : je ne suis pas une gentille. Mais je suis une grande pro. Ce que je ne veux pas, c'est qu'Alice tombe sous la coupe d'un mytho et se retrouve à la rue. Elle est habituée à un certain niveau de vie, je te signale ; le genre je me débrouille toute seule, c'est mieux quand y a l'intendance qui suit. Alors je veux bien te la prêter, mais à condition que tu la mérites. File-moi un topo détaillé que je ferai étudier par mes investisseurs. Si ça les branche, tu es le roi du monde et je te laisse ma reine. S'ils disent non, tu es mort. Je suis claire ?

— Je pense que c'est à Alice de choisir entre nous, le cas échéant, non ?

— Exactement. Sauf que je ne suis pas le chien, moi. Je ne fais aucune confiance *a priori*, je ne mise que sur du lourd, et sinon ça dégage. Si tu n'es pas à la hauteur, elle recevra un dossier sur toi avec des casseroles dont tu n'as même pas idée, et contre lesquelles tu n'auras pas les moyens de te défendre – j'ai également beaucoup de relations dans cette branche. Détruire quelqu'un, c'est tellement plus facile que de le lancer.

Elle replie *Le Monde* et m'en donne un coup sur le genou, rassurante.

– Ça n'a rien de personnel. C'est juste pour te mettre la pression et que tu sois le meilleur. Mais si tu n'es qu'une illusion, je veux qu'Alice en revienne tout de suite. Elle commence une nouvelle vie, je ne veux pas qu'elle s'encombre d'un boulet, si c'est le cas. Marché conclu ?

– Je me permets quand même de vous faire observer que j'ai à peine échangé dix phrases avec votre amie. Tout ça me paraît un peu prématuré…

Elle pose la tempe sur le montant du transat, aspire une longue bouffée, puis déclare en fixant mes baskets avec une douceur inattendue :

– Mes jours sont comptés auprès d'Alice. Mais c'est normal. J'ai toujours su que je ne serais qu'une transition dans sa vie. Et crois-moi : ç'a été mes plus belles années. Marché conclu ?

Je suis si cueilli par ce changement de ton que je m'entends répondre :

– Marché conclu.

– Eh ben voilà. Retourne bosser, comme ça tu me fileras tes dossiers en douce, ce soir. Et surtout, pas un mot à Alice. C'est notre secret à toi et moi, OK ? Tu lui diras juste que je t'ai briefé sur le viol. Si j'apprends qu'elle sait que je te manage, tu peux lui dire adieu.

Son débit de kalachnikov crache dans la même rafale les menaces à deux balles et les infos renversantes. Je réagis à contretemps :

– Le viol ?

– A dix-sept ans, elle était très portée sur les garçons, elle adorait faire l'amour. Y en a juste un qui n'osait pas sortir avec elle. Son meilleur pote. Alors, un soir, après les cours, il y est allé avec deux copains, pour se donner du courage. Ça ne s'est pas du tout passé comme prévu. Ils ont paniqué, l'un des trois lui a vidé dans les yeux un spray d'autodéfense. Il ne s'est pas dénoncé, les autres l'ont couvert, ils ont pris vingt ans : avec la bonne conduite, ils seront dehors l'année prochaine. Voilà : tu as les cartes en main – à toi de jouer contre la banque. Mais, sans vouloir te casser le moral, je miserais davantage sur ton avenir professionnel qu'amoureux. Attention, ils sortent de l'eau. On t'emmène dîner au casino, ce soir : tu déposes ton sac à la réception de l'hôtel et tu nous rejoins à 20 heures précises. Et ne tire pas cette tronche, Alice va croire que je t'ai fait du chantage affectif. Je compte sur toi.

Elle éteint son mégot dans le sable, me donne *Le Monde*, remet son paréo, ramasse son couffin et s'éclipse en direction du Flaubert. Le journal en visière, je la regarde disparaître au coin du Galatée. Je ne sais ce qui me chavire le plus : le passé terrifiant qu'elle vient de me révéler ou les perspectives d'avenir qu'elle m'offre.

D'un bond, Jules me renverse dans le sable.

– Tout s'est bien passé ? demande Alice en le tirant par le collier pour qu'il arrête de me lessiver le visage.

Je me relève péniblement, empêtré dans les baguettes cassées de la chaise longue. Le regard d'Alice brûle d'impatience. Je la rassure en affichant une décontraction joviale qui ne l'abuse pas une seconde. Elle blêmit. Je baisse les yeux. Elle me remonte le menton entre deux doigts et articule avec une froideur neutre :

– C'était un *accident*, d'accord ? Et il y a prescription, et tu t'enlèves cette image de la tête. Je m'en suis délivrée toute seule, et ça ne regarde personne !

Pris de court, je proteste qu'on a juste parlé boulot. Je n'ai jamais su mentir, mais elle fait semblant de me croire. Avec des gestes appliqués, elle ôte le sable et les échardes de mes épaules. Tandis que Jules fait des sauts de carpe en me présentant une espadrille pour que je la lui lance, elle me glisse avec un sourire d'excuse :

– Je suis une femme normale, tu sais. Mais ça ne veut pas dire que je suis simple.

J'ai entériné en déposant un baiser papillon sur ses lèvres, et je suis allé jouer avec le chien.

On s'est croisées devant l'hôtel. Pas de commentaires sur son entrevue avec Macaron, si ce n'est :

— Rejoins-moi au baccara à 19 h 30, on l'invite à dîner au casino.

— Pourquoi au casino ? Ils interdisent les chiens.

— Justement. Vous avez besoin d'être seuls pour savoir ce que vous ressentez vraiment l'un pour l'autre, indépendamment de Jules.

C'était si juste que je suis restée coite à la regarder s'éloigner. L'intéressé a tiré sur sa laisse pour récupérer mon attention. On est allés chez le traiteur, je lui ai acheté un poulet rôti et une religieuse au chocolat, ses plats préférés. Histoire d'adoucir les deux heures de solitude qui l'attendaient avant cette nuit au milieu de nous trois qui, à présent, m'apparaissait comme la plus mauvaise idée de ma vie.

*

Fred me fait signe de loin, avec un grand sourire de jackpot. Elle est assise contre la balustrade, dans la salle surplombant les tables de baccara. Il y a un quatrième couvert. Une nymphette à peine majeure qui textote au-dessus de son assiette, une épaule nue sous trois tee-shirts superposés.

— Tu te rappelles Eléonor ?

— Sans e, précise la fille en se levant pour me faire la bise. On se connaît de vue. Enfin, moi. Bravo pour vos yeux, c'est trop cool !

— La fille Bonnevaud, me rappelle Fred.

Je l'ai située au son. Trois neurones et demi, charmante, en stage à la pharmacie de son père l'été dernier – le genre qui répercute les ordonnances d'un ton guilleret : un Puroptil et un Laxatol pour mademoiselle Gallien, bonne fin de journée.

— Elle veut être comédienne, poursuit Fred, elle prend des cours au Havre le week-end. J'ai vu sa démo sur son site : je vais lui présenter des gens.

Je me réjouis. Bannir Jules de notre dîner pour le remplacer par Miss Trouville – j'ai peur de comprendre l'astuce. Fred commence à passer en revue ses contacts en vacances sur la Côte fleurie et ceux qui arriveront pour le Festival du film américain. La mâchoire de la petite étudiante pend au-dessus de son amuse-bouche. Elle me redevient sympathique, du coup. Je me revois à sa place, six ans plus tôt. Eblouie par l'entregent et l'efficacité de cette découvreuse obsessionnelle, qui avait détecté dans mes premières manifestations de plaisir un timbre de colorature et s'était mis en tête de me faire intégrer les chœurs de Radio France. La seule manière dont Fred se protège, c'est en faisant une démonstration de force dès qu'elle a un faible pour quelqu'un.

– Ça m'énerve, les gens en retard, s'interrompt-elle après un coup d'œil vers le grand cadran qui pend sous les voûtes en stuc.

J'objecte qu'il est à peine 20 heures. Sans me répondre, elle enchaîne en pointant l'index sous le menton de la future pharmacienne :

– Ça te brancherait, un petit déjeuner avec les frères Dardenne ? Ils cherchent une inconnue pour leur prochain film.

Eléonor n'en croit pas ses oreilles. La pauvre. Cela dit, je le sais par expérience : plus on tombe de haut, mieux on ouvre le parachute. Avec sa foi en moi, Fred m'a donné une telle énergie pour travailler le chant que, même si l'on n'a pas voulu de moi comme choriste à Radio France, je suis quand même devenue speakerine sur RTL. C'est tout ce que je souhaite à la petite Bonnevaud. Sans aller jusqu'à décrocher un César, elle fera peut-être, avec sa voix de canard, une belle carrière dans le doublage de dessins animés.

– Ah, v'là Bactérioman ! enchaîne Fred en se levant. Je suppose qu'il a oublié son passeport.

Je la regarde traverser la salle des jeux pour aller calmer Zibal qui s'énerve devant le physionomiste : depuis quand faut-il montrer ses papiers pour entrer dans un restaurant ? Fred sort sa carte noire Privilège de grosse perdante, explique au pingouin assermenté que son invité ne vient que pour dîner.

– Je ne supporte pas ces dérives sécuritaires ! écume-t-il en nous rejoignant.

Visiblement, c'est la première fois qu'il entre dans un casino. Eléonor compatit : elle est très inquiète de la montée du Front national. Fred les présente, explique à Zibal que ce n'est pas du racisme à son encontre, mais une simple application de la loi destinée à dépister les mineurs et les interdits de jeu. Il change de sujet en me disant que ma robe est très belle. Lui est vêtu d'une veste Monoprix Homme, sobre et trop petite, qu'il vient sans doute d'acheter sur le quai avant de venir. On voit encore sur la manche noire la trace de la pince magnétique antivol. J'apprécie qu'il n'ait pas eu un regard pour les jeunes seins pointant sous le trio de tee-shirts.

Fred commande du champagne et des plateaux de fruits de mer. Discrètement, il lui passe sous la table une grosse enveloppe qu'il planquait dans sa veste. Elle le remercie d'un plissement de paupières, puis referme les mains sur le poignet de ses deux invités.

– Zibal de Frèges est un futur Prix Nobel parti de zéro, comme toi, explique-t-elle sur un ton rassurant à l'apprentie comédienne. Mais lui, il n'a pas de problème avec son nom.

– J'sais, soupire Eléonor. Tout le monde me rajoute un e. Ça me casse.

– C'est plutôt Bonnevaud qui coince, la recadre Fred. Abrège. Eléonor Bonn. Sans e non plus.

Un sourire de comptoir illumine la frimousse juvénile de la Trouvillaise. Elle se tourne vers moi. J'acquiesce. Avec un nom pareil, le rêve commence. Elle se voit déjà en haut de l'affiche. Eléonor Bonn *dans*. En même temps, elle ne se cache pas la réalité, dit-elle. Ça sera dur. Elle sait bien que le cinéma est un monde très fermé, surtout pour une fille de pharmacien.

Sous la table, Zibal a plaqué son pied contre le mien. Décharge électrique, frisson dans le dos. Fred, à qui rien n'échappe, pianote sur la nappe en me scrutant du coin de l'œil. Pour donner le change, je rappelle à la star en puissance qu'il y a un précédent :

Michèle Mercier, l'immortelle *Angélique marquise des Anges*, était la fille de la pharmacie Mercier, à Nice. Eléonor a une moue vague. Elle ne sait pas qui c'est. D'un haussement de sourcil, Fred me remercie d'avoir fait un bide avec une référence de son époque à elle.

Un téléphone bipe. Zibal regarde discrètement son écran, se trouble, s'excuse et s'éloigne pour téléphoner entre les croupiers qui ratissent la feutrine verte. La chair de poule a gagné toute ma jambe. En même temps, je me dis que je ne sais rien du sauveur de mon chien, à part son CV délirant et cette gentillesse virile qui me fait fondre. Il est peut-être marié, ou divorcé avec des enfants le week-end. Ou bien c'est un tombeur compulsif qui s'adapte au profil de ses proies. Je ne sens aucune zone d'ombre chez lui. Mais ça ne prouve rien. Les salauds bien dans leur peau, ça existe. Les pervers narcissiques. Les Péhennes, comme dit Fred pour désigner la quasi-totalité de l'espèce masculine.

Mon héros d'Orly n'est plus le même lorsqu'il revient s'asseoir. Il fait des efforts, pose des questions, étale ses lacunes cinématographiques pour mettre en valeur les deux autres. Comme s'il avait à cœur d'oublier sa conversation téléphonique. Ou l'attirance qu'il a pour moi. Non. Il a des problèmes, je le sens.

Comme Fred, comme tout le monde. Et moi je voudrais simplement être heureuse. Eteindre la lumière. Cette lumière artificielle où je ne sais plus briller.

– C'est à vous, demande-t-il, la Maserati Indy 73 sur le parking du Flaubert ?

Fred tombe des nues, fait remarquer à sa voisine que c'est devenu rare, un homme qui s'intéresse aux GT.

– Je m'intéresse à tout, c'est un de mes problèmes. Je trouve que c'est la plus jolie carrosserie dessinée par Vignale.

– Jules la déteste. Elle doit le sentir : dès qu'il est à bord, elle tombe en panne. Chaque année, je les mettais au train à Saint-Lazare et je venais les attendre ici. Premier été où j'ai pu faire de la route avec Alice ! Hein, mon ange ?

Elle me broie les doigts. Je souris jaune. Où veut-elle en venir, à quoi mène ce jeu ? Le dîner s'alourdit comme un entracte qui n'en finit plus. Je bois trop. J'essaie d'être gaie, je ne suis qu'en décalage d'humeur. J'ai envie de pleurer quand ils rient, de sortir des vannes quand ils s'émeuvent de la pollution électromagnétique des radars ou du statut des intermittents. J'ai envie de couper le son. J'ai envie de marcher dans la mer au clair de lune avec mon chien. J'ai envie de me faire l'amour.

A 22 h 40, on raccompagne Eléonor sans e jusqu'à l'appartement de ses parents, au-dessus de la pharmacie. On lui fait la bise, on la regarde s'y reprendre à trois fois pour ouvrir la porte de son immeuble, gravement pompette mais ravie de sa soirée. Fred me cligne de l'œil. C'est un placement d'avenir. Je ne sais pas si elle a voulu me rendre jalouse ou alléger mes scrupules. Montrer qu'elle fascine toujours les jeunes filles, qu'elle sait se rendre incontournable sans en être dupe. Qu'elle est encore capable de jouer les «Pygmalionnes», comme elle dit – de revivre avec d'autres ce qu'elle a vécu à travers moi. Peut-être que, simplement, ce dîner était destiné à consommer notre rupture. A laisser la place au charmeur de bactéries qu'elle vient de prendre par le bras, rue d'Orléans, après lui avoir glissé quelque chose dans la poche. Lui n'a d'yeux que pour sa grosse enveloppe qui oscille dangereusement hors du Chanel trop petit. Il n'arrête pas de la remettre en place dans le dos de Fred.

Je marche trois pas derrière eux. J'ai l'impression que je suis leur cousine de province et que j'ai l'avenir devant moi, comme on le répète aux gamines qui trouvent le temps long.

Zibal s'arrête pour renouer un lacet. Fred se tourne vers moi et soupire, l'air de continuer une conversation :

– C'est vrai qu'elle me touche, sous ses dehors godiches. C'est une vraie gentille. Et ça peut toujours servir d'être bien avec une pharmacienne.

J'ai honte de ne comprendre que maintenant. Il fallait vraiment qu'elle me mette les points sur les i. Elle me sourit : c'était juste pour me rassurer. Pour me rappeler que je suis libre. Qu'elle ne veut pas de moi comme infirmière.

Elle va reprendre le bras de son rival et on regagne l'hôtel où Jules nous appelle, penché au balcon.

Etrange soirée. Fred n'a pas cessé de me faire mousser devant la comédienne amateur, comme si mes découvertes biologiques allaient me transformer en grand mécène, en financier du cinéma. Difficile de savoir si elle draguait par mon intermédiaire ou si elle tentait de me placer auprès d'Eléonor, afin de récupérer Alice.

J'attaquais ma troisième langoustine quand j'ai reçu un texto de ma mère : *Si c'est toujours d'actualité, tu peux venir t'installer chez moi, au contraire. Je t'embrasse.*

L'analyse sémantique et la dernière phrase inhabituelle m'ont fait redouter le pire. Je me suis éloigné pour l'appeler. Les enceintes Bose que je lui avais offertes pour Noël martelaient du Wagner. Elle était au trente-sixième dessous, et m'a ouvert son cœur dans le style d'une dépêche AFP. Suite à l'annulation par le Conseil d'Etat de l'arrêté interdisant les feux de bois dans les logements franciliens, son Jean-Christian, député plein d'avenir qui en était le rédacteur, venait d'être mis en examen pour corruption passive et incitation à la vente forcée de cheminées à foyer fermé, les seules que son texte autorisait à polluer la région parisienne. Le juge d'instruction l'avait placé sous mandat de dépôt, à un mois de la sortie du livre confession où elle racontait leur coup de foudre et leurs ambitions pour la France.

— Je venais juste de signer le bon à tirer, Zibal, tu te rends compte ? C'est une catastrophe : je vais être la risée des médias ! Ou pire : le boycott absolu. Comment Jean-Christian a-t-il pu me faire un coup pareil ?

Saisi d'une compassion solidaire pour ce personnage d'autofiction aussi décevant que moi, j'ai répondu que j'irais le voir au parloir, dès mon retour de vacances. Elle m'a raccroché au nez.

Je suis revenu vers la tablée qui, regards en biais, devait parler de moi, vu le silence lorsque je me suis rassis. Trois femmes, trois âges, trois destins. En partance, en reconstruction, sur le retour. Et moi entre elles, cherchant mes marques. Ces femmes qui m'avaient toujours cassé, restauré, enflammé, puis recassé. Sans parler de ma mère qui s'était mêlée à cette soirée où ma vie, peut-être, allait changer de cap.

Alice était distante. J'ai parlé cinéma et voitures de sport avec Fred, pour qu'elle lise dans de bonnes dispositions les dossiers que je venais de lui remettre. Je sentais un grand vide dans mon ventre. Un manque. J'ai fini par me rendre compte que c'était le labrador de la 22. L'endroit devait être interdit aux chiens comme aux sans-papiers. Fred l'avait sans doute choisi exprès, pour éviter qu'il ne prenne trop mon parti devant Alice. Mais à quoi rimait ce quatrième couvert ?

— Il se plaît toujours autant ici, vot' Jules ? a questionné la fille de pharmacien dont je n'avais pas retenu le prénom, mais qui en était à sa sixième coupe de champagne.

Elles lui ont répondu oui sur un ton anodin.

— Je le kiffe grave, m'a-t-elle confié. J'ai dit à Fred : si un jour elles partent au bout du monde, moi je le leur garde !

Je l'ai trouvée très jolie, tout à coup. Très attirante. Et le coup de pied que j'ai reçu sous la table m'a redonné du cœur au ventre. Le regard incendiaire de Fred en précisait clairement la provenance, sinon le sens. Que ce soit auprès d'Alice ou par rapport à la gamine, elle m'utilisait tantôt comme ennemi, tantôt comme allié. Mais je sentais à quel point je la rendais vulnérable. J'en étais autant ému que flatté.

*

Il faisait très doux quand on est ressortis. Une senteur de chèvrefeuille dans la brise iodée, vite remplacée par la Marlboro de Fred. Quelques mouettes, des pétarades, un fond sonore saturé de basses, des fêtards butant sur les habitants du trottoir : les vacances.

Devant la pharmacie Bonnevaud, Alice a soutenu la jeune fille défoncée au pommery, qui a cru un moment qu'elle allait gerber ses langoustines dans le caniveau, et puis non. Ou peut-être si, finalement. Tandis qu'elles guettaient les fluctuations de la nausée sous les clignotements blafards de la croix verte, Fred a introduit un euro dans le distributeur scellé entre les deux vitrines que se partageaient prothèses orthopédiques, patchs antitabac et posters de femmes riant d'avoir vaincu la cystite, la constipation et le danger des médicaments vendus en grande surface – *Demandez conseil à votre pharmacien.*

– En cas, m'a dit Fred en glissant discrètement un préservatif dans ma poche.

Il y avait des larmes au bord de ses paupières. Quand elle a croisé le regard d'Alice, elle lui a fait un clin d'œil avant de se détourner.

On est rentrés à l'hôtel par les petites rues aux terrasses encombrées. Fred me tenait le bras à cause de ses talons pointus sur les pavés glissants, et je sentais le regard d'Alice dans mon dos. Je ne savais que penser. Je me contentais, le nez au vent, d'être le jouet de deux femmes après avoir été celui d'un chien. Et c'était peut-être les plus beaux rôles de ma vie.

*

— Tu prends la salle de bains le premier, a décidé Fred en refermant la porte. Ensuite, tu te couches et tu te fais oublier. Tu as de quoi lire ?

— J'ai.

— Alice peut te filer des boules Quies : il paraît que je ronfle.

— J'ai un très bon sommeil, ça va.

— Tu dors avec qui, Jules ? a demandé Alice.

Tout excité par cette nouvelle situation qu'il ne comprenait pas trop, il passait d'une pièce à l'autre. Il a fini par prendre une écharpe d'Alice qu'il est revenu étendre sur mon sac à dos, au pied de la table, face à mon lit d'enfant, pour se faire un semblant de panier. A cet emplacement stratégique où il contrôlait les mouvements du rideau de séparation sans perdre de vue la porte palière, il pourrait veiller sur tout le monde.

Fred a mis la télé pour couvrir les bruits de ma douche. Les hommes politiques qui s'invectivaient sur le plateau d'un animateur hilare alimentaient l'absence de gêne que nous nous efforcions d'afficher. En tee-shirt et caleçon, je me suis glissé sous la couette à nuages roses avec un article de *Nature* sur l'intelligence du myxomycète, une moisissure unicellulaire capable de trouver la sortie d'un labyrinthe. Jules est venu me dire bonsoir en m'apportant une de mes chaussettes, sans que je comprenne bien le sens du cadeau. J'ai remercié, je l'ai glissée sous mon oreiller. Les politiciens criaient tous en même temps qu'on ne les laissait pas s'exprimer. Les filles traversaient en peignoir de bain, crème à la main, brosse à dents figée entre les lèvres. J'ai éteint ma lampe de chevet avant la fin de leur toilette.

L'incertitude complète de ce qui allait arriver pendant la nuit me tenait lieu de désir, de confiance et de remise en cause. Privé de tous les standards habituels de la séduction masculine, je ressentais comme jamais le plaisir d'être un homme. Allaient-elles faire l'amour derrière la cloison ? M'inviteraient-elles à les rejoindre ? Les fantasmes en demi-teinte que je nourrissais pour Alice le disputaient à l'admiration prudente que m'inspirait désormais Fred. Elles ont coupé le son de la télé.

— Bonne nuit, Macaron ! m'ont-elles lancé en chœur.

J'ai répondu sur le même ton convivial. Le rai de lumière sous le rideau a disparu. Elles avaient fermé les volets de leur chambre, mais la mienne restait baignée par la clarté puissante de l'éclairage municipal. La respiration en sourdine, je me suis mis à guetter les grincements de leur sommier.

— Tu me passes mon iPad ? a demandé Fred.

Dans l'interminable silence qui a suivi, je me suis dit qu'elles visionnaient peut-être un film X. Partagé entre l'envie de les rejoindre et la crainte d'être hors jeu, j'attendais en interrogeant du regard le chien qui s'endormait, la tête entre les bretelles de mon sac. Des gémissements ont commencé à s'échapper de ses rêves.

— Ohé, de la chambre d'enfant ! a lancé Fred. Y a m-n ou deux m à « dilemme » ?

Elles devaient faire un scrabble.

*

Un craquement de parquet m'a réveillé. Le cliquetis d'un anneau sur la tringle. J'ai ouvert les yeux. A la lueur jaune du lampadaire de façade, Alice écartait le rideau, le remettait en place. Jules a redressé la tête. Elle a étendu la main dans sa direction. Il s'est recouché. Sur la pointe des pieds, un cadre sous le bras, elle s'est dirigée vers la commode. Je faisais semblant de dormir, dans le doute, mais elle a mis le doigt sur ses lèvres en me regardant. Elle a posé le miroir en face du petit lit, a ôté son débardeur et son shorty rose.

Le cœur en feu, je me suis redressé en soulevant doucement la couette. Elle a eu le même geste horizontal que pour son chien. Je me suis recouché. Elle s'est approchée de moi, sans quitter des yeux son reflet. Elle a posé un genou contre ma hanche, elle est allée corriger l'orientation de la glace, puis elle est revenue ôter mon tee-shirt. Nouveau geste pour me dire « Pas bouger ». Elle a baissé mon caleçon avec une précision d'artificière. Je suis resté figé, stoïque, pendant qu'elle étudiait mon profil, suivait du doigt mon sexe et l'embrassait de trois quarts, tournée vers notre image sur la commode. Par discrétion, j'ai maté sa posture, moi aussi, en évitant son regard. Le moindre faux geste, la moindre parole déplacée auraient pu rompre ce moment, je le sentais. Ce n'était pas moi qui l'attirais, c'était elle qui se cherchait. Qui essayait de retrouver en elle l'écho des élans d'autrefois. L'émotion décuplait mon désir tout en le vitrifiant. J'étais juste un produit d'appel, un article en démonstration. Elle m'essayait. J'en étais bouleversé. Cette confiance qu'elle avait en moi. Ce courage qu'elle tentait de transformer en pulsion naturelle. Ces souvenirs atroces qu'elle bravait, j'imagine.

Je ne bougeais pas. Je me laissais faire, je la regardais apprivoiser notre reflet. Désamorcer les peurs. Désactiver le passé. Créer de nouvelles images, belles et tendres et sensuelles et choisies par elle seule. Refaire connaissance. Se réapproprier un corps d'homme.

Jules s'est mis à grogner. Un grognement d'alerte. Alice a figé ses lèvres autour de mon gland, sans quitter son reflet du regard. J'ai glissé un œil vers le rideau que Fred avait entrouvert.

– Je peux aller faire pipi, oui ? a-t-elle chuchoté au chien qui lui barrait le chemin.

Elle l'a contourné sans un regard vers nous, emmitouflée dans son peignoir, a marché en diagonale jusqu'aux toilettes, dont elle a fermé la porte avec une discrétion ostentatoire. J'ai senti dans mon sexe les vibrations du fou rire que tentait de contenir Alice.

Glouglou, papier, chasse d'eau. Quand Fred est ressortie, Jules l'attendait pour la reconduire. Elle s'est arrêtée devant mon pantalon plié sur la chaise, en a retiré le préservatif qu'elle y avait glissé devant la pharmacie Bonnevaud, et l'a lancé sur ma couette. Spontanément, Jules le lui a rapporté. Elle l'a pris avec un haussement d'épaules, l'a coincé derrière le miroir, et elle est retournée se coucher.

J'ai remonté le visage d'Alice. On a fini d'étouffer notre fou rire en dévorant nos bouches, enlacés comme des mômes. Comme des vieux. Des amants à la vie à la mort. Des amis de toujours.

Je me réveille cramponnée à lui, dans le petit lit d'enfant. Je n'arrive pas à y croire. Aucune répulsion, aucune gêne, aucune surimpression. Je suis neuve. Vierge une seconde fois : lavée de la souillure des hommes et de la culpabilité qui bloquait mon désir. Pourtant, il ne s'est presque rien passé entre nous. Une demi-pipe à éclats de rire, des baisers, un sommeil de plomb. Rien qui m'expose, rien qui me rappelle l'«accident». Mais je sais que c'est gagné, que j'ai envie de lui comme si on avait déjà fait l'amour cent fois. Sa complicité, sa réserve, sa force d'homme et sa douceur. Je l'aime. C'est comme ça. Fred l'a su avant moi. Sans parler de Jules. Et on va faire avec. Inventer un bonheur joyeux, une histoire buissonnière, un amour rien qu'à nous, qui ne fasse que du bien aux autres. Je n'aurai aucun mal à me partager. Fred non plus : elle a tout fait pour que je capte le message avec

Eléonor, et je l'ai reçu cinq sur cinq – en lui cachant la dimension douloureuse que j'ai cru deviner dans son choix, sa volonté de me léguer. Reste le facteur inconnu : la réaction du légataire.

Zibal émerge en marmonnant. Il me découvre dans ses bras. Je lui murmure bonjour mon amour. Il répond la même chose sans se casser la tête, poli mais terriblement surpris et le cachant très mal. Pas du genre à faire surface avant le troisième café, celui-là. Je saute du lit. Jules bondit vers la porte. Il tient son harnais dans la gueule. J'enfile un jogging en lançant à la cantonade :

– Je vous commande le petit déjeuner !

– Je dors ! beugle Fred à travers la cloison.

On dévale l'escalier tous les deux, aussi heureux l'un que l'autre. Je lui attache son harnais au rez-de-chaussée. Psychologiquement, c'est nul, je sais bien, mais je le déshabituerai un autre jour. De toute manière, il l'a pris par un simple réflexe sans consé-quence – n'allons pas jusqu'à parler de fétichisme. En tout cas, il n'a plus l'air traumatisé du tout. Le traite-ment du Dr Macaron fait des merveilles sur nous.

Elisabeth est à la réception, plongée dans le jour-nal.

– J'envoie les p'tits déj , cocotte ?

– Merci. Tu prévois pour trois.

Elle me cligne de l'œil entre deux pages, arrondit ses lèvres en bisou coquin. Le vent nous pousse vers la ville. Jules choisit le caniveau de la rue de Paris, contre la grille d'un terrain vague en attente de permis. Je ne sais pas où on va. Mais quel bonheur d'y aller à l'aveuglette. Le mot me tire une larme. Vu d'où je viens, c'est un privilège absolu. Indécent. Je suis heureuse à crier. Même si j'ai mal pour Fred. Je me dois de lui offrir mon bonheur. Je n'ai pas droit à l'erreur.

Jules achève de garnir le caniveau, puis se dirige vers le distributeur de sachets bleus en bordure des Planches. Il en détache un et se met en quête d'un passant compréhensif, d'un joggeur charitable. Je viens de comprendre le coup du harnais. L'un de ses jeux favoris a toujours été de faire ramasser ses crottes par des inconnus bien disposés à l'égard d'une pauvre aveugle, obligée sinon de repérer les déjections à la chaleur et de les emballer au jugé. Quel roublard.

Ravalant ma gêne de faire semblant, je remercie le gros touriste à doberman qui vient de s'acquitter de la tâche – doberwoman, si j'en crois les manœuvres d'approche immédiates de Jules, pendant que son nettoyeur se dirige vers la poubelle. Mon chien a l'air aussi excité que moi. Déjà qu'il faisait des ravages sur la plage dans les partouzes d'après 19 heures, l'émulation va encore augmenter sa descendance, cette année. Et je constate avec un certain soulagement que ce n'est pas le harnais qui le freine. Jules va redevenir un animal normal. Comme moi, si j'ose dire. Je me sens assez chienne, ce matin. Statistiquement, il nous reste cinq ou six ans à profiter l'un de l'autre : on ne va pas se gêner.

— Tu veux que je t'aide ? bougonne son ramasse-crottes en le faisant descendre de sa jolie conquête.

Il le tire par le guidon du harnais, qu'il vient me remettre dans la main avec une délicatesse inattendue pour son gabarit de rugbyman.

— Excusez-les, Blandine a ses chaleurs.

Je m'entends répondre que c'est bien normal, en piquant un fard qui le fait rougir à son tour. Il me souhaite une bonne journée et reprend son footing avec sa coureuse échaudée. On reste immobiles sur les Planches à les regarder s'éloigner dans le vent qui souffle de la mer.

— Arrête de mater, dis-je à mon copain de chasse. De quoi on a l'air ?

Je n'en reviens pas du désir que m'a déclenché Macaron. L'idée de monter le retrouver dans son petit lit d'enfant m'inonde et me bouleverse.

On sursaute. Un ronflement suraigu déchire la rumeur des mouettes. Une seule voiture fait ce bruit-là. Le temps de remonter en courant la rue Carnot, on voit la Maserati grise disparaître au coin de la place du Casino, à fond de train et sans préchauffage. Ce n'est pas possible. Jamais Fred ne ferait ça à son vieux bolide chéri.

Je traverse le hall au pas de charge. La fatalité navrée qu'affiche Elisabeth en me souriant désamorce l'hypothèse d'un vol. Je déboule dans la chambre où m'attend Zibal avec un air étrangement lumineux devant le placard à moitié vide.

– C'est à cause de moi, me déclare-t-il d'emblée. Mais pas pour ce que tu crois.

Cinq minutes après le départ d'Alice et Jules, j'avais ouvert la porte à la femme de chambre qui m'avait donné fièrement la météo sans nuages en déposant sur la table son plateau surchargé.

– Je ne savais pas ce qu'il prend, le monsieur, alors je lui ai mis thé et café, jus d'orange et de pamplemousse. Une bonne journée à tous!

Discrètement, pour respecter le sommeil éventuel, j'ai toqué au chambranle séparant les deux pièces.

– Apporte, a répondu Fred.

Je suis entré dans la chambre en écartant le rideau avec le plateau que j'ai déposé sur son lit. Puis j'ai ouvert les volets, salué le goéland qui attendait le room service sur sa chaise. En refermant la porte-fenêtre, j'ai dit à Fred que j'étais désolé.

– T'as l'air, ouais, a-t-elle marmonné en déboîtant les tasses. On ne va pas se la jouer Boulevard, d'accord ? Si vraiment ça colle entre vous deux, je suis ravie et je me barre. Pas du style à tenir la chandelle. D'autant que tu es un génie.

Elle a désigné du menton mes dossiers épars sur le tapis, tout en se versant du café.

— Tes bactéries, j'adore, mais ça fout la trouille aux gens, ça fait tout de suite épidémie. On garde ça pour un deuxième temps, quand tu seras célèbre. Là, dans l'immédiat, ce qui vaut de l'or, c'est tes plantes à traire qui fabriquent des médocs sur commande. Tu es sûr de ton coup ?

— Cinq ans d'expérimentation dans ma baignoire. Et je détiens les brevets.

— Tu as breveté les plantes ?

— Non, la méthode d'exsudation racinaire. La seule qui permette d'extraire les principes actifs avec un tel rendement.

— Mais quand tu dis que tu multiplies par cent la fourniture de taxol anticancéreux par des conifères comme l'if – tu peux le prouver ?

— C'est fait.

— T'es prêt à entrer en phase production, donc ?

— C'est une question de financement.

— J' m'y mets.

Elle a trempé son croissant, avalé son café en finissant de mâcher et s'est levée pour ouvrir le placard.

Elle a descendu sa valise et y a fourré ses affaires en m'exposant son plan d'attaque d'une multinationale agroalimentaire :

– Mon avocate, Daphné Chassagne, la meilleure de Paris, leur a gagné plein de procès. Signe-moi le mandat de représentation que je t'ai préparé sur la table de chevet. Y a pas d'embrouilles, pour l'instant ; on finalisera nos accords en septembre. A propos, « plantes à traire », ça fait *cheap.* Je te garde les initiales, mais j'appelle ton projet *Plant Advanced Technology.* Je te donne des nouvelles très vite, je file, je ne veux pas croiser Alice.

J'ai signé au bas des cinq lignes qui allaient faire basculer mon destin, dans un sens ou dans l'autre. De toute façon, j'étais immunisé contre les effets secondaires de l'arnaque et je n'avais plus rien à perdre.

– Tu me prends soin d'elle, promis ? Surtout, ne brusque rien. Laisse-lui l'initiative, comme cette nuit. Joue même les soucis d'allumage, si c'est dans tes cordes : ça la mettra en confiance. Mieux : ça la boostera de croire qu'elle t'aide à régler ton problème avec les femmes. Je peux compter sur toi ?

– Tu peux.

Deux minutes plus tard, elle était dans l'ascenseur. Je suis allé me servir un thé et me beurrer une tartine pour me remettre d'aplomb. Voilà qu'elle m'avait flanqué le trac, cette andouille. Tout s'était passé dans la grâce avec Alice, cette nuit : à présent je prenais conscience du chantier de reconstruction de sa sexualité. Par scrupule ou par vengeance perverse, Fred avait transformé le désir en cahier des charges ; le charme et la spontanéité se désagrégeaient dans sa psychologie de magazine.

Je sortais de la douche quand Alice a surgi dans la chambre en état de choc. Elle avait dû voir partir la Maserati. Je l'ai rassurée tout de suite :

— C'est à cause de moi, mais pas pour ce que tu crois.

Je n'ai pas eu le temps d'en dire plus : le téléphone de la chambre a sonné. Elle a couru décrocher. J'ai échangé un regard perplexe avec Jules et j'ai fait trois pas jusqu'au rideau ouvert. Fred parlait si fort dans son portable que ma modestie naturelle en a pris un coup :

— J'aime pas les adieux, tu me connais, mais tout baigne, mon ange. Simplement, je dois lui choper des investisseurs avant qu'ils se barrent en vacances : c'est une bombe atomique, ton Macaron ! Surtout, ne déconne pas avec lui : tu l'intimides grave, alors tu me le rassures et tu me le gardes au chaud, sous pression, heureux mais pas béat, *you see what I mean.* J'ai besoin qu'il croie en moi, et je veux qu'il donne le meilleur de lui-même, comme ses PAT.

– Ses... ? a bredouillé Alice en me regardant, complètement dépassée par la logorrhée de sa copine.

– Ses plantes à traire. Il t'expliquera. Allez, ma grande, profite de lui, je vais faire pareil. Bisous.

Alice a raccroché à tâtons. J'essayais de traduire ce qui passait dans ses yeux rivés sur moi. La surprise d'entendre ces compliments, la découverte d'un autre moi-même, l'inquiétude face à l'intimité forcée qui nous tombait dessus, le remords de ce qu'on avait fait cette nuit...

– Qu'est-ce que c'est, une plante à traire ?

Je me suis assis sur le lit, et je lui ai exposé ma méthode pour faire pousser dans l'eau certains végétaux dont j'extrais les principes actifs, une fois par mois, en trayant les racines comme on stimule les pis d'une vache.

– Et c'est ça qui met Fred dans cet état ?

– Oui. La croissance en milieu aqueux provoque une surproduction de protéines thérapeutiques, impossibles à synthétiser chimiquement !

Elle m'a interrompu au moment où je détaillais les performances des molécules fournies par mes championnes, *Ruta graveolens* et *Datura innoxia*, dans le traitement de l'asthme, du psoriasis ou de la maladie d'Alzheimer.

— Tu veux que je te dise exactement ce que je ressens?

La gravité de son ton m'a inquiété. J'ai acquiescé des cils, à mes risques et périls.

— Jamais, dans mes rêves les plus tordus, je n'aurais pensé que je retomberais amoureuse d'un homme qui me rendrait jalouse de ma femme.

Je me suis répété sa phrase pour être bien sûr de ne pas la comprendre de travers. J'ai dit que ça n'avait pas lieu d'être.

— L'amour entre nous?

— Non, la jalousie.

Elle a souri, m'a pris la main.

— Laisse-la-moi, la jalousie : j'adore. Jamais je ne pourrais faire pour toi ce dont Fred est capable, mais t'imagines pas comme ça me rend heureuse qu'elle te prenne sous son aile.

Ses mains sont montées le long de mon peignoir. La gauche s'est glissée dans mes poils, la droite a lentement dénoué la ceinture.

— Nous disions?

J'ai posé ma bouche sur la sienne. Elle a entrouvert ses lèvres. Nos langues se sont cherchées, dérobées, retrouvées. La respiration courte, au bord du gémissement, elle m'a dit viens tout de suite. J'ai retroussé son haut de jogging. Elle m'a retenu, en désignant quelque chose dans mon dos. J'ai demandé :

– Il y a trop de lumière ?

– Jamais.

Alors je suis passé dans la chambre d'enfant pour nous rapporter le miroir. Jules était couché devant la commode, en train de déchiqueter le préservatif offert par Fred.

Le drame est arrivé un samedi.

J'étais bien consciente que mon chien filait un mauvais coton, depuis que Fred nous avait laissés tous les trois. Plus notre bonheur s'amplifiait, plus s'aggravait son état de manque. Il s'était cru abandonné quand j'avais recouvré la vue ; désormais il se sentait de trop. Il m'avait rapporté l'homme de ma vie, je l'avais accepté : sa mission était accomplie, mais son instinct réclamait plus. Chien de compagnie, pour lui, ça ne rimait à rien. Zibal et moi, nous nous suffisions à nous-mêmes. Il lui fallait quelqu'un d'autre à assister. Quelqu'un de neuf. Quelqu'un de seul.

Il s'est mis à chasser. A traquer, pister, draguer sur la plage et dans les rues. La moindre canne blanche, le moindre fauteuil roulant réveillait la pression intérieure sans laquelle il se sentait perdu. Mais Trouville est un petit village où les gens s'entraident, et les personnes à mobilité réduite étaient déjà en main. Alors, il se rabattait sur les étrangers.

Tous les matins, il guettait l'arrivée du minibus de l'association Plein-Air, qui emmenait des petits handicapés physiques et mentaux passer la journée à la plage. Il proposait ses services, leur apportait des bouées, des casquettes et des pelles à sable qu'il piquait sans vergogne aux enfants normaux. Faisant la démonstration de son savoir et de ses prestations, il ne déclenchait que des frayeurs, des pleurs, du stress, des crises de nerfs. Les accompagnateurs le chassaient à coups de latte. Viré de la plage, il partait alors écumer la ville en quête d'une âme en peine, se repliait sur les SDF ou racolait les drogués de la gare, qui tentaient de le capturer pour le revendre. Toujours il s'enfuyait, la queue basse et la truffe en alerte, traquant le déficient et le laissé-pour-compte avec cette attitude de servilité agressive des nettoyeurs de pare-brise à la sauvette surgissant aux feux rouges. Impossible de l'enfermer ou de le tenir en laisse quand le devoir l'appelait. Lui mettre son harnais ne me donnait plus aucune autorité sur lui, au contraire : l'uniforme de travail légitimait sa recherche d'emploi.

Par le balcon de la 22, je l'ai vu un matin s'attaquer à un berger allemand pour lui piquer son aveugle. Mais ce n'était pas seulement de la jalousie, c'était du professionnalisme. Le berger avait commis une faute de conduite, passant sous la ficelle d'un cerf-volant que son maître, deux secondes plus tard, avait prise en travers de la gorge.

Je ne savais plus que faire. Si je le punissais, j'allais à contre-courant de son dressage. Quand je lui faisais des câlins, j'avais l'air de cautionner. Zibal ne m'était d'aucune aide, au contraire. Jules le considérait comme un argument vivant : notre bonheur était le fruit de son initiative, la preuve de sa réussite quand il allait au bout de son instinct. Travailleur indépendant, assistant *free-lance* démarchant la population nécessiteuse, mon chien était devenu incontrôlable. Un bénévole errant. La bête noire de la plage.

Un samedi soir, au moment où les moniteurs de Plein-Air lui escamotaient ses handicapés du jour, remontant les fauteuils dans le minibus, il s'est brusquement attaqué à la carrosserie. Il a griffé les ailes, mordu les pneus, sauté sur le pare-brise pour arracher les essuie-glaces. Le temps que je descende avec Zibal pour le stopper, le minibus avait quitté le parking en catastrophe. Jules courait derrière, aboyant de toutes ses forces, couvrant nos ordres, les « Arrête ! », les « Au pied ! ». Il devenait fou.

Aux ralentisseurs du casino, il a doublé le minibus et s'est jeté sur le capot. Le choc l'a projeté dans une jardinière en pierre. Le minibus a accéléré, disparu sur le quai derrière la halle aux poissons. Assommé, Jules gisait au milieu des géraniums. Quand il est revenu à lui, tout tremblant dans nos bras, il s'est mis à hurler à la mort en sourdine. Il a essayé de nous échapper, de repartir, il est tombé sur le flanc. Une voiture de police s'est arrêtée devant nous. Le temps de commencer à leur expliquer, un appel radio les a fait repartir en trombe, avec sirène et gyrophare.

Ironie cruelle, on a dû emprunter un fauteuil roulant pliable au casino pour amener Jules chez la vétérinaire de la rue des Bains. Elle a diagnostiqué une légère commotion cérébrale et un état dépressif profond. Si les réflexes étaient normaux, ils n'avaient aucune conséquence au-delà des terminaisons nerveuses. L'apathie était flagrante.

— Faites-lui passer un scanner par sécurité, mais son problème est ailleurs.

Dans le regard de la véto, il y avait cette lueur de soupçon sans preuve, cette présomption de maltraitance qui me faisait si mal depuis la semaine dernière, quand les gens me voyaient engueuler Jules pour son altruisme indésirable.

Après une piqûre de tonicardiaque et une gamelle énergétique, il s'est mis à remarcher, à gratter la porte pour quitter le centre médical. Il est rentré à l'hôtel comme un automate, sans jeter un regard autour de lui ni renifler la moindre odeur, et il est allé se coucher en rond dans la salle de bains, entre la baignoire et le bidet.

Zibal est allé nous acheter du poulet rôti et des religieuses pour manger dans la chambre avec lui. Jules n'a touché à rien. On était de plus en plus inquiets. Et puis, aux actualités régionales, on a appris que le minibus de Plein-Air avait été percuté par un camion, une heure plus tôt, à la sortie de Trouville. Six blessés graves.

Jules a levé vers nous un regard fiévreux quand on est allés lui demander pardon à la salle de bains. Il a repris un peu de vigueur pour nous suivre sur le lit. Couché entre nous, il s'est laissé rassurer, consoler, comprendre. Je m'en voulais tellement de n'avoir rien deviné. Si, par tous les moyens possibles, il avait tenté de s'opposer au départ du minibus, ce n'était pas juste pour qu'on lui rende ses paraplégiques. J'ai expliqué à Zibal que les chiens pressentent parfois les catastrophes naturelles et les accidents. Je lui ai donné des exemples célèbres. Il a renchéri en m'en citant des moins connus.

J'étais surprise par sa maîtrise du sujet. Il m'a dit qu'avant de me retrouver, dans ses efforts pour assimiler en accéléré la psychologie de ce chien qui lui tombait dessus, il avait consulté les extraits des livres d'Eric Vong disponibles sur Internet. Comme il s'extasiait avec un peu trop de partialité à mon goût sur les talents médiumniques de Jules, je me suis fait l'avocate du diable. J'ai dit que c'était peut-être son harcèlement qui avait perturbé le chauffeur du minibus, au point de lui faire brûler la priorité au rond-point de la gare.

Sa réaction m'a scotchée. Il a pris la défense de Jules en me reprochant mon aveuglement. Il a retiré le mot aussitôt, mais le mal était fait et il maintenait sa position sur le fond : il me trouvait irresponsable d'accuser le chien au lieu de lui dire que je m'en voulais d'avoir négligé sa clairvoyance, sa mise en garde.

— Un chien ne comprend pas tout, Zibal.

— Si !

— De toute manière, on ne peut pas changer le destin.

— D'où tu sors ces conneries ? La réalité n'est que l'émanation de notre conscience ! C'est nous qui écrivons notre destin avec nos pensées, nos désirs, nos peurs ou nos blocages envoyés dans l'univers, mais il est toujours possible de le corriger. Les prémonitions ne servent qu'à ça. Et comme les humains n'y croient plus, les animaux prennent le relais. Voilà.

– C'est un chien merveilleux, mais ce n'est qu'un chien ! Il a besoin qu'on le cadre, pas qu'on le vénère.

– Et l'injustice, c'est un excellent cadre, tu as raison !

– Mais c'est quoi, à la fin, ce discours religieux ?

– Le bouddhisme est une philosophie, pas une religion ! Il rejoint la mécanique quantique et l'astrophysique. L'infiniment petit, l'infiniment grand, l'infiniment virtuel ! Tu n'as pas lu Trinh Xuan Thuan ?

– Non, je suis désolée. J'ai pris un peu de retard dans mes lectures.

– Pardon, mais je t'aime comme un dingue, Alice, et c'est grâce à Jules ; je ne supporte pas de le voir dans cet état à cause de toi. Déjà tu n'as plus besoin de lui, tu ne vas pas l'empêcher en plus de porter secours aux autres ! Le « cadre », comme tu dis, ne veut plus de lui : la Fédération l'a radié ! Ils l'ont réformé, ton chien, jeté comme une merde parce qu'il a fui un sadique qui le frappait ! Plus personne ne fait appel à lui, sauf son sixième sens – alors écoute-le, ce sixième sens, au lieu de l'incriminer !

C'est sa clairvoyance à lui qui me laissait sans voix, tandis que Jules nous donnait de grands coups de langue en remuant la queue. Comme si le fait de nous voir nous engueuler à son sujet lui rendait soudain son énergie, sa juste place dans notre couple. Zibal avait sûrement raison, mais je ne supportais pas la violence que je percevais en lui. La violence *pure*, au service des grands idéaux et des grands mythes. La pire, peut-être. Celle qui veut notre bien et contre laquelle on ne gagne jamais.

Alors j'ai eu un pressentiment, moi aussi. Et j'ai caché mes larmes en me retournant sur le lit d'un coup de fesses. Ce chien qui nous avait réunis serait la cause de notre séparation.

Pour la première fois, nous n'avons pas fait l'amour. Le chien entre nous, grognant et couinant au gré de ses rêves avec des coups de patte qui nous réveillaient en sursaut, nous avons passé la nuit à ressasser la situation. J'étais fou de rage contre moi d'avoir proféré ces horreurs. Moi qui m'étais toujours abstenu de livrer le fond de mon cœur aux femmes qui avaient traversé ma vie, j'en déduisais que je n'avais jamais vraiment aimé avant Alice et que la passion me rendait sectaire, violent, injuste. La sérénité bouddhiste était-elle réservée aux solitaires par défaut, aux exclus de la fête charnelle, aux cocus repentis remplaçant l'humiliation par la spiritualité, aux résignés n'ayant pas encore découvert le bonheur de faire jouir sans fin une femme qui n'a d'autre arrière-pensée que son plaisir ?

J'avais la sensation très nette de m'être grillé auprès

d'Alice. Elle ne voulait que douceur des sentiments, légèreté de l'humour complice et frénésie du sexe. Ce cocktail inconnu qui m'avait fait tourner la tête. Mais notre passion mutuelle était-elle condamnée à la brièveté, aux vertus transitoires de l'initiation ? Alice avait découvert dans mes bras que son corps aimait à nouveau les hommes ; je sentais bien que ce pluriel menacerait tôt ou tard nos rapports singuliers. Le seul moyen pour elle de savoir si j'étais unique serait de me comparer. La dispute de ce soir allait sans doute accélérer les choses.

Je l'imaginais partir au petit jour en me laissant seul avec Jules, ce qui serait sans doute le meilleur cas de figure pour elle comme pour lui. Je redeviendrais ainsi son assisté de remplacement, ce handicapé de l'amour qu'il guiderait de son mieux. Me sentant renoncer à sa maîtresse que j'abandonnais aux autres mâles, il se mettrait peut-être à chasser pour moi, à me rapporter des filles au lieu de draguer désespérément les paraplégiques et les attardés mentaux.

Je souriais, le cœur gros. Maintenant que j'étais amoureux à jamais d'une femme qui me quitterait bientôt, je découvrais paradoxalement une forme de confiance en moi. Le fait d'être sans nouvelles de Fred depuis six jours ne me démoralisait pas, au contraire : j'étais fier désormais de me dire que je ne pouvais compter que sur moi. Alice m'avait donné des ailes, et je ne les replierais plus, même si elle me laissait voler seul. On avait du chemin à faire, elle comme moi, avant de revenir l'un vers l'autre si l'état de manque prolongeait la fusion. Je voulais devenir quelqu'un pour elle. Et qu'elle soit sûre, le cas échéant, de ses sentiments pour moi après être allée se confronter à d'autres.

*

Je me suis réveillé tout léger dans un rayon de soleil. J'avais très faim. Je me suis étiré, j'ai ouvert les yeux. Le lit était vide.

Jules s'était levé tard. Ils dormaient. Tout doucement, il avait rampé hors du lit, pesé sur la poignée de la porte avec ses pattes, et descendu l'escalier en courant. Il sentait qu'on avait besoin de lui, quelque part, même si ça devait se terminer mal comme d'habitude.

Il faisait beau, le vent fleurait déjà la crêpe et le hotdog. Les plagistes dépliaient les tentes, sortaient de l'entrepôt les piles de transats. Un bulldozer achevait de lisser le sable en direction du port. Les premiers cars déversaient des ados sac au dos qui n'avaient pas besoin de lui. Aucun minibus de personnes à aider. Le crachotement de la sono a recouvert le cri des mouettes :

– Bonjour, il est 10 heures, c'est l'ouverture de l'Etablissement des bains et le début de la surveillance. Nous vous rappelons que la présence des chiens est strictement interdite en dehors des Planches.

Il a foncé sur un goéland occupé à déchirer le sac

d'une poubelle «Trouville propre». Il a récupéré la fin de sandwich abandonné par un lève-tôt, puis a couru en direction des Roches noires, là où s'arrêtait le territoire du maître nageur à quad qui venait lui siffler dessus quand la tour de contrôle était ouverte.

Après avoir suivi quelques vieilles pistes de chiennes sans intérêt, il est allé dire bonjour à l'homme qui dessinait des ronds dans le sable, puis s'est intéressé à une famille qui installait son parasol et ses pliants. Il a fait la fête à chacun, après quoi il s'est posé devant la glacière. Comme personne ne se souciait de l'ouvrir, il a proposé ses services en essayant de soulever l'attache en fer avec ses griffes. En courant pour le chasser, le chef de famille s'est pris le pied dans la courroie d'un sac. Il a poussé un cri en tombant, a empoigné sa cheville à deux mains. Les enfants se sont précipités vers lui, la femme a ouvert la glacière pour lui mettre sur le pied un sac de froid.

Jules attendait le moment propice pour retenter une approche vers les tranches de gigot qui embaumaient dans le papier d'argent. C'est alors qu'il a senti autre chose. Il s'est tourné vers la mer. Un petit garçon, en limite de la marée montante, était en train de consolider les remparts de son château de sable à grands coups de pelle. Oubliant dans l'instant le festin convoité, Jules a foncé jusqu'à lui, l'a aidé en envoyant du renfort sur les fortifications avec sa patte arrière.

Soudain, une rafale de vent a emporté la casquette de l'enfant. Jules a couru l'attraper dans les vagues. Le temps qu'il la saisisse et se retourne pour la rapporter, l'enfant l'avait suivi dans la mer. Alors il s'est produit une chose inédite qui, pourtant, a déclenché tout de suite en lui les réflexes du dressage. Stoppé net par le froid des vagues, l'enfant s'est mis à bouger les épaules et la tête en tout sens, le visage déformé. Puis il est tombé en avant, s'est mis à frapper l'eau comme pour y creuser un trou, se tortillant dans des cris qui devenaient des bulles. Jules a envoyé des aboiements d'alerte en direction de la plage. Puis il a plongé, s'est arc-bouté sur le sable pour soulever le petit corps secoué de convulsions, qui aussitôt retombait dans l'eau. Deux fois, trois fois. Il a fini, tête en avant, par le rouler jusqu'au sable.

– Oscar! hurlaient des voix.

La femme et les deux autres enfants sont arrivés en courant, au même moment que le quad du maître nageur, suivis par l'homme qui boitait de toutes ses forces. Jules a senti des bras qui essayaient de le soulever. Il a grogné, montré les dents, refusant qu'on le sépare du petit corps tressautant qu'il s'efforçait de réchauffer. Alice arrivait, de très loin, en criant son nom. Il ne bougerait pas avant qu'elle soit là.

Je n'aurais jamais cru que le perdre une seconde fois me rendrait si heureuse. Du jour au lendemain, Jules était redevenu comme avant. Doux, joyeux, précis et fiable. Au service d'un autre.

C'était merveilleux pour nous de le voir se précipiter vers le petit Oscar, dès le matin – pas très flatteur, en même temps. Désormais, les heures passées en notre compagnie lui semblaient agréables, mais accessoires. Le devoir était ailleurs – et donc le vrai plaisir *aussi*. Je me rappelais tous ces chiots que nous avions élevés, maman et moi, quand nous étions famille d'accueil. Ils avaient la même impatience d'aller à l'école de dressage, une fois par semaine, quel que soit l'agrément de leur gamelle et de notre présence. A un âge proche de la retraite, Jules redevenait un apprenti stagiaire qui devait faire ses preuves, et il progressait de jour en jour parce que, de nouveau, on saluait son travail.

– C'est incroyable, nous disait le père d'Oscar, il *sent* les crises avant qu'elles se produisent. Il aboie d'une manière particulière, comme un code, alors on sait que le petit risque de tomber et on le surveille pour ne pas qu'il se blesse.

Je n'en revenais pas des aptitudes nouvelles que manifestait Jules, sans lien avec l'éducation qu'il avait reçue. La formation d'un chien d'assistance pour épileptique est très différente de celle d'un guide d'aveugle : il ne s'agit pas d'un accompagnement fondé sur des règles et des situations apprises, mais d'un comportement d'alerte et de sécurisation face à un problème *anticipé.* Le site de la Fondation française pour la recherche sur l'épilepsie m'a renvoyée à une association canadienne, l'une des seules au monde à étudier, entraîner et promouvoir, jusqu'à présent, ces facultés canines. D'après la plupart des spécialistes, la capacité de détecter l'imminence d'une crise ne s'enseigne pas : c'est une disposition innée chez dix pour cent des chiens. Encore leur faut-il des centaines d'heures de dressage pour parvenir à gérer ce don en toutes circonstances. Jules, spontanément, avait appliqué à un épileptique l'empathie et le savoir-faire qu'il avait acquis au service des malvoyants. Non seulement il se couchait brusquement aux pieds du petit garçon en aboyant, refusant de bouger – le code par lequel, naguère, il signalait un vide devant moi – , mais, dès que les personnes présentes avaient compris l'avertissement, il guettait les premières convulsions de l'enfant. Et, avec la vigilance mobile d'un gardien de but, il positionnait son corps afin d'amortir la chute qui s'ensuivrait.

Il ne s'était pas arrêté là. Désormais, il adaptait le signal d'alarme à ses besoins. Lors de la troisième crise anticipée, le père d'Oscar lui avait donné la récompense qui était à portée de sa main : un biscuit fourré à la confiture d'orange. Le lendemain, alors que la famille Bourdaine jouait calmement au Trivial Pursuit sur la plage, Jules s'était soudain précipité vers le paquet en réclamant son Chamonix orange. Cinq minutes plus tard, Oscar se tordait dans le sable, saisi de convulsions au milieu des cartes.

A compter de ce jour, mon chien avait imposé le nouveau code : il venait chercher sa récompense *avant* la survenance de la crise – moyen le plus efficace pour lui de donner l'alarme en y trouvant profit. Je ne disais rien, mais, connaissant sa roublardise, je n'étais pas loin de penser que c'était lui qui, parfois, provoquait les symptômes dont il inventait l'imminence par appât du gain.

Au bout de quelques jours, cependant, comme pour me faire mentir, les crises étaient devenues inversement proportionnelles à la demande de récompense préalable. Prévenu du danger, le petit garçon se concentrait pour empêcher l'attaque d'épilepsie, tandis que Jules, collé à lui, semblait lui enseigner par osmose une technique respiratoire. Ou bien c'était simplement la tendresse attentive du labrador qui diminuait l'angoisse favorisant les crises.

Nous dînions un soir sur deux chez les Bourdaine. Ils habitaient une jolie petite maison de pêcheur dans une impasse près de l'église. Le père travaillait à la halle aux poissons, la mère élevait les trois enfants tout en vendant par téléphone dans sa cuisine des séjours de rêve aux Antilles. Ils se confiaient beaucoup à Zibal, qui leur avait appris que de célèbres génies comme Alexandre le Grand, César, Dostoïevski, Flaubert ou Mahomet étaient épileptiques, ceci expliquant peut-être cela. Du coup, ils avaient cessé de regarder la pathologie de leur fils comme une malédiction, une maladie honteuse qui faisait peur aux gens ou les faisait rire.

*

Ce que j'attendais avec une vraie appréhension est arrivé à la fin de la semaine : ils nous ont demandé si Jules, exceptionnellement, pouvait rester une nuit avec son nouveau copain. Puis une deuxième. Et c'est ainsi qu'il s'est mis à passer davantage de temps chez eux qu'avec nous. En sa présence, désormais, l'enfant n'avait plus jamais de crise. Privé du coup de sa récompense préalable, Jules se rendait justice en allant chaparder dans le paquet de Chamonix, très discrètement, pour ne pas donner de fausse alerte. Les yeux en vigilance Orange, la truffe à l'affût, de nouveau dominant, il avait retrouvé son poids normal, son poil luisant. Je le sentais aussi heureux qu'avec moi *avant*, et j'étais bouleversée qu'il m'en demande pardon à l'hôtel par de brefs câlins alanguis, avant de sombrer dans un profond sommeil. Il ne relâchait jamais son attention, quand il était à proximité d'Oscar. Avec nous, il récupérait.

Ma relation avec Zibal, elle aussi, avait changé de nature. Ce n'était plus un rythme de vacances, une parenthèse oublieuse du reste, après le mauvais souvenir de notre dispute demeurée sans lendemain. C'était déjà comme un brouillon de vie commune luttant contre les dangers de la promiscuité – le seul moyen, pour des solitaires comme nous, de vérifier si nous étions simplement des amants de l'été ou un couple en puissance.

En dehors de nos baignades et de nos galipettes, Zibal s'isolait dans son pigeonnier de 8 heures à midi et de l'après-sieste au dîner pour peaufiner ses dossiers d'inventeur, ce qui me permettait de bosser de mon côté à l'hôtel en toute quiétude sur mes projets d'émission. C'était mieux qu'un bonheur estival ; c'était la bande-annonce d'un quotidien possible. Ces heures de labeur en solo donnaient plus de sel encore et d'intensité à nos fusions charnelles. Et c'était la même chose pour Jules. Il nous retrouvait avec un plaisir accru parce qu'il avait bien travaillé avec son nouveau binôme.

J'aurais voulu que ces demi-vacances à trois durent toujours. Mais, le 16 août, le téléphone de l'hôtel nous a réveillés en sursaut.

Alice me tend le téléphone, désarçonnée.

– C'est Fred. Pour toi.

Je m'assieds dans le lit en prenant le combiné. Le fil s'entortille entre ses seins. Elle se dégage et, par discrétion ou besoin de cloisonnement, elle passe dans la chambre d'enfant qui lui sert de bureau, en fermant le rideau derrière elle.

– Rapplique ce soir au plus tard, attaque son amie en guise de bonjour. Finalement, le groupe agroalimentaire dont je t'ai parlé adore tes bactéries télépathes. Surtout les messages anti-obésité qu'elles peuvent transmettre à leurs yaourts. Ils ont des tonnes de procès à cause de leurs Actimachins que Bruxelles menace d'interdire, du coup ils t'achètent l'exclu pour l'ensemble de tes brevets – oui, je leur ai fait un lot, à prendre ou à laisser. Et ils te financent un labo indépendant, pour lequel je t'ai obtenu voiture et logement de fonction. Tu n'as plus qu'à créer ta société au Luxembourg ou à Nassau pour percevoir tes royalties : mon avocate s'en occupe, tu as rendez-vous avec elle demain à 8 heures pour rédiger les statuts. Je prends tous les frais à ma charge, en échange de quinze pour cent sur tes profits *ad vitam æternam* en tant qu'apporteuse d'affaire – c'est abusif, je sais, mais ça n'est pas négociable. Et, dans la foulée, tu enregistres *Salut les Terriens* sur Canal avec mon pote Ardisson. Tu as droit à un invité coup de chapeau ou renvoi d'ascenseur – tu choisis qui ? Je dois leur communiquer le nom avant midi.

Sous le choc de ces bonnes nouvelles qui me pilonnaient sans trêve, j'ai répondu machinalement :

– Eliane de Frèges. Ma mère.

– Un peu ringard, non, à ton âge ? Sous quel angle tu la traites, quel argument je donne ?

Par pudeur et souci de brièveté, j'ai dit qu'elle sortait un livre en septembre.

– Tu as tout compris, m'a-t-elle félicité. Dis à Alice qu'elle peut continuer de bronzer tranquille : je ne te laisserai pas une minute de répit dans les jours qui viennent. Maintenant, si elle veut rentrer avec toi, je n'ai rien contre – c'est moi qui règle la note. Mais dis donc, elle est canon, ta mère ! Elle date de quand, sa photo sur Wikipédia ?

Avec un sourire fataliste, je l'ai rassurée tout de suite :

– Ce n'est pas le genre de femme qui change.

Elle a raccroché en me disant de sauter dans le premier train.

Je me suis tourné vers le rideau qu'Alice venait de rouvrir. J'ai regardé son corps nu qui hésitait à contrejour. Et puis elle s'est jetée sur moi avec une joie qui sonnait presque faux. Elle était si heureuse de ce qui m'arrivait, disait-elle. Pas besoin d'avoir entendu le monologue de mon « apporteuse d'affaire » : il lui suffisait de voir ma tête et de connaître par cœur la psychologie fredienne. Elle a murmuré, les lèvres dans mon cou :

– Si elle a déclenché les grandes manœuvres, c'est que je tiens vraiment à toi.

Je ne savais trop comment le prendre. L'impression de n'être qu'un pion sur leur échiquier, après avoir servi de trait d'union entre son chien et elle, me gâchait un peu l'incroyable avancée professionnelle qui s'offrait à moi.

– Tu veux dire que si elle ne s'était pas autant démenée pour mes bactéries, tu m'aimerais moins ?

Elle a ri de ma clairvoyance, et elle est descendue répondre à mon sexe pour dissiper le malentendu. Mais sa tête est vite ressortie de sous le drap.

– Mon amour, qu'est-ce qu'on fait, pour Jules ?

J'ai dit ce qu'elle avait sans doute besoin d'entendre : c'était à lui de choisir. On n'allait pas l'arracher de force à la petite âme qu'il avait prise en charge. J'étais bien placé pour savoir que, s'il décidait de nous retrouver, ça ne lui poserait aucun problème.

*

Ils ont tenu à nous accompagner à la gare dans leur vieux break Peugeot. Ils étaient fous de gratitude, mais ce n'était pas des adieux, ni un don, ni même un prêt : juste un dépôt. Une garde. Ils nous promettaient que nous serions toujours chez nous dans leur maison : ce serait notre résidence secondaire. Ils nous aménageraient les combles. Par son comportement joyeux, Jules entérinait la situation avec une légèreté presque blessante. Comme un enfant qui devient autonome, il nous faisait la fête pour adoucir notre émotion. Mais le devoir l'appelait.

Un policier s'est approché pour faire déguerpir leur voiture en double file. Par la lunette arrière, le chien et le petit garçon nous ont regardés nous éloigner avec la même fixité, la même inclination de tête sur les ralentisseurs. On a cessé d'agiter la main. Alice a tenté d'allumer une cigarette. Je lui ai pris son briquet. Elle m'a dit d'une voix brisée :

– Je n'y vois plus rien.

Mais c'était juste à cause des larmes. Elle a ajouté :

– Ma seule consolation, tu vois, c'est que cette fois c'est lui qui m'abandonne.

Je l'ai serrée contre ma hanche pour diminuer le vide entre nous. J'ai failli lui demander si elle voulait qu'on adopte un nouveau compagnon. Mais j'ai senti qu'elle allait me répondre qu'un chien, ça ne se remplace pas. Alors, du fond de moi, est monté l'élan d'un choix, l'envie d'un vrai défi, le besoin de m'engager les yeux fermés, de remplacer enfin la lucidité par la confiance. J'ai dit :

– Je voudrais te faire un bébé.

Elle a tourné son visage vers moi, sans marquer la moindre surprise. Dans ses yeux se mêlaient un grand espoir, un vrai doute et un semblant de reproche – comme si mes mots avaient dépassé sa pensée. Elle a posé tendrement sa tête sur mon épaule, pour atténuer l'ambiguïté de son silence. Alors j'ai regardé la nouvelle famille de Jules disparaître de l'autre côté du pont, et j'ai mentionné le seul argument qui, pour l'instant, plaidait en ma faveur :

– On a déjà le parrain.

NOTE DE L'AUTEUR

Les chiens d'aveugles sont l'une des premières passions de ma vie. J'ai découvert leur univers à douze ans, en jouant dans des pièces destinées à financer leur formation. Merci à mon père et à ses amis du Lions Club Beaulieu-Villefranche-sur-Mer pour m'avoir offert cette expérience inoubliable. Et merci aussi à la journaliste Sophie Massieu : mes retrouvailles avec elle et son chien guide Pongo (juste avant qu'il prenne sa retraite…), un jour de mai 2014 à RTL, m'ont décidé à écrire ce livre que je portais en moi depuis si longtemps.

Je tiens à remercier également mon ami ophtalmologue Marc Spira, pour sa relecture vigilante.

Comme souvent dans mes romans, ce qui paraît le plus fou n'est pas que le fruit de mon imagination. Ainsi le brevet des « plantes à traire » déposé par Zibal de Frèges l'a été, dans la réalité, par Eric Gontier et

Frédéric Bourgaud, qui l'exploitent avec Jean-Paul Fèvre au sein de l'entreprise Plant Advanced Technology. De même pour la dépollution du lisier de porc (Nitracure), les expériences de communication avec les yaourts (Cleve Backster) ou la domestication des bactéries (John Craig Venter).

Quant à la destinée fictive de Zibal, elle a certains éléments communs avec celle de Mohed Altrad, industriel et homme de lettres français né en Syrie, «Bédouin de cœur» à qui j'ai eu le plaisir de remettre, en tant que président du jury KBL-Richelieu, le Grand Prix de l'Entrepreneur de valeurs 2014.

Enfin, la Fondation française pour la recherche sur l'épilepsie, dont je suis le parrain, s'efforce de recueillir les fonds nécessaires à la formation de chiens d'assistance. Un demi-million de Français, dont près de cent mille enfants, souffrent aujourd'hui d'épilepsie, maladie qui ne bénéficie d'aucune prise en charge de la part des pouvoirs publics.

DU MÊME AUTEUR

Romans

LES SECONDS DÉPARTS :

VINGT ANS ET DES POUSSIÈRES, 1982, prix Del Duca, Le Seuil et Points-Roman

LES VACANCES DU FANTÔME, 1986, prix Gutenberg du Livre 1987, Le Seuil et Points-Roman

L'ORANGE AMÈRE, 1988, Le Seuil et Points-Roman

UN ALLER SIMPLE, 1994, prix Goncourt, Albin Michel et Le Livre de Poche

HORS DE MOI, 2003, Albin Michel et Le Livre de Poche (adapté au cinéma sous le titre *Sans identité*)

L'ÉVANGILE DE JIMMY, 2004, Albin Michel et Le Livre de Poche

LES TÉMOINS DE LA MARIÉE, 2010, Albin Michel et Le Livre de Poche

DOUBLE IDENTITÉ, 2012, Albin Michel et Le Livre de Poche

LA FEMME DE NOS VIES, 2013, prix des Romancières, prix Messardière du Roman de l'été, prix Océanes, Albin Michel et Le Livre de Poche

LA RAISON D'AMOUR :

POISSON D'AMOUR, 1984, prix Roger-Nimier, Le Seuil et Points-Roman

UN OBJET EN SOUFFRANCE, 1991, Albin Michel et Le Livre de Poche

CHEYENNE, 1993, Albin Michel et Le Livre de Poche

CORPS ÉTRANGER, 1998, Albin Michel et Le Livre de Poche

LA DEMI-PENSIONNAIRE, 1999, prix Version Femina, Albin Michel et Le Livre de Poche

L'ÉDUCATION D'UNE FÉE, 2000, Albin Michel et Le Livre de Poche

RENCONTRE SOUS X, 2002, Albin Michel et Le Livre de Poche

LE PÈRE ADOPTÉ, 2007, prix Marcel-Pagnol, prix Nice-Baie des Anges, Albin Michel et Le Livre de Poche

LE PRINCIPE DE PAULINE, 2014, Albin Michel

LES REGARDS INVISIBLES :

LA VIE INTERDITE, 1997, Grand Prix des lecteurs du Livre de Poche, Albin Michel et Le Livre de Poche

L'APPARITION, 2001, prix Science-Frontières de la vulgarisation scientifique, Albin Michel et Le Livre de Poche

ATTIRANCES, 2005, Albin Michel et Le Livre de Poche

LA NUIT DERNIÈRE AU XVe SIÈCLE, 2008, Albin Michel et Le Livre de Poche

LA MAISON DES LUMIÈRES, 2009, Albin Michel et Le Livre de Poche

LE JOURNAL INTIME D'UN ARBRE, 2011, Michel Lafon

THOMAS DRIMM :

LA FIN DU MONDE TOMBE UN JEUDI, t. 1, 2009, Albin Michel et Le Livre de Poche

LA GUERRE DES ARBRES COMMENCE LE 13, t. 2, 2010, Albin Michel et Le Livre de Poche

LE TEMPS S'ARRÊTE À MIDI CINQ, t. 3, à paraître

Récit

MADAME ET SES FLICS, 1985, Albin Michel (en collaboration avec Richard Caron)

Essais

CLONER LE CHRIST ?, 2005, Albin Michel et Le Livre de Poche

DICTIONNAIRE DE L'IMPOSSIBLE, 2013, Plon et J'ai Lu

Beaux-livres

L'ENFANT QUI VENAIT D'UN LIVRE, 2011, Tableaux de Soÿ, dessins de Patrice Serres, Prisma

J.M. WESTON, 2011, illustrations de Julien Roux, Le Cherche-midi

LES ABEILLES ET LA VIE, 2013, prix Véolia du Livre Environnement 2014, photos de Jean-Claude Teyssier, Michel Lafon

Théâtre

L'ASTRONOME, 1983, prix du Théâtre de l'Académie française, Actes Sud-Papiers

LE NÈGRE, 1986, Actes Sud-Papiers

NOCES DE SABLE, 1995, Albin Michel

LE PASSE-MURAILLE, 1996, comédie musicale (d'après la nouvelle de Marcel Aymé), Molière 1997 du meilleur spectacle musical, à paraître aux éditions Albin Michel

LE RATTACHEMENT, 2010, Albin Michel

RAPPORT INTIME, 2013, Albin Michel